OSS 117 PREND LE MAQUIS

DU MÊME AUTEUR
AUX ÉDITIONS ARCHIPOCHE

Atout cœur à Tokyo
Gâchis à Karachi
Strip-tease pour OSS 117

JEAN BRUCE

OSS 117 PREND LE MAQUIS

roman

ARCHIPOCHE

Première édition :
Presses de la Cité, 1961.

Notre catalogue est consultable à l'adresse suivante :
www.archipoche.com

Éditions Archipoche
34, rue des Bourdonnais
75001 Paris

ISBN 978-2-37735-511-2

1

La Ravageuse continuait de filer sur son erre, droit sur la falaise. Le fracas des vagues qui s'écrasaient sur les rochers tout proches dominait par instants le « doug-doug-doug » paisible et rassurant du diesel au ralenti.

Nicolas Rennotte, qui tenait la barre dans le poste de pilotage, agita le bras vers William Roos, debout à l'avant. L'ancre dégringola au bout de sa chaîne, s'enfonça dans l'eau claire, toucha très vite le fond. La chaîne d'ancre se tendit, solidement accrochée. Nicolas Rennotte coupa le contact, abandonna la barre et quitta le poste. *La Ravageuse* se mit à décrire un lent mouvement tournant pour venir face au vent qui soufflait du sud-est.

Ils étaient presque à l'aplomb du sémaphore, que la falaise leur dissimulait. À droite, la pointe Saint-Antoine dominée par le phare de Pertusato. À gauche, la haute ville fortifiée de Bonifacio, juchée sur son promontoire de craie blanche à soixante mètres au-dessus de la mer.

Les deux hommes s'étaient rejoints sur le pont devant les fenêtres du poste, au pied du mât. Ils ne portaient pour tout vêtement qu'un slip de bain. Rennotte était grand, brun, avec des yeux clairs ; Roos, de taille moyenne, était blond et trapu. Tous deux possédaient une musculature puissante et la couleur de leur peau, brûlée par le soleil, s'accordait avec l'acajou des superstructures.

– On y va, questionna Rennotte.

– On y va, répliqua Roos.

Ils étaient peu bavards de nature, et l'habitude des plongées, pendant lesquelles ils ne pouvaient s'exprimer que par signes, n'avait fait qu'aggraver leur cas. Ils pouvaient rester des heures ensemble sans échanger un mot.

Ils descendirent dans ce qui avait été autrefois le salon et que Rennotte avait transformé en atelier-magasin. Chacun choisit ce qui lui était nécessaire : combinaison, ceinture de plomb, palmes, masque, bloc bibouteille avec détendeur et embout buccal, poignard dans sa gaine, tableau de bord bracelet comprenant un profondimètre, une boussole, un thermomètre, une montre, une table de décompression, une lampe étanche.

Ils remontèrent ainsi chargés sur le pont et commencèrent à s'équiper. Une légère houle faisait bouger le bateau, mais les deux hommes n'y prêtaient aucune attention.

Nicolas Rennotte était perplexe. De temps à autre, il observait à la dérobée le visage de son coéquipier ; un coéquipier qui était d'ailleurs, et avant tout, un client. William Roos, Bill pour les amis, payait la location du bateau et du matériel et le temps de Rennotte. Lorsque, trois semaines plus tôt, l'Américain était venu s'inscrire à l'école de plongée en précisant qu'il y venait seulement pour se perfectionner et surtout pour ne pas plonger seul, Rennotte s'était vite aperçu que ce nouvel élève en savait autant que lui-même, sinon plus. Il ne lui avait pas posé de questions. Au bout d'une semaine, Roos, qui avait loué une chambre chez l'habitant dans la vieille ville, l'avait invité à dîner. Ce soir-là, ils avaient beaucoup parlé, plus qu'ils ne devaient jamais le faire par la suite, et découvert qu'ils avaient tous deux appartenu à l'OSS, le service de renseignement de l'armée américaine, dans les deux dernières années de la guerre.

Ce fait les avait rapprochés. Roos avait remué des souvenirs, rappelé l'odyssée du sous-marin *Casablanca* en mission sur les côtes de Corse, aiguillé la conversation sur le fameux trésor de Rommel que l'on disait enfoui dans une grotte sous-marine à proximité des côtes de l'île de Beauté.

Les derniers jours d'août étaient arrivés, les vacanciers repartis et William Roos était resté le seul client de Nicolas Rennotte, un client qui avait brusquement manifesté une véritable passion pour l'exploration des cavités sous-marines de cette partie de la côte, aussi trouée qu'un morceau de gruyère.

Rennotte n'aimait pas beaucoup ce genre d'exploration, dont il connaissait les dangers, mais il ne voulait pas paraître se dégonfler devant l'Américain. Il y avait aussi que celui-ci payait bien et que ce prolongement financier de la saison n'était pas négligeable.

La veille, ils avaient découvert une nouvelle grotte dont l'entrée, très étroite, se trouvait à environ deux mètres sous la surface de l'eau. C'était une grotte de forme circulaire, d'une quinzaine de mètres de diamètre, avec une voûte en forme de dôme piquée de stalactites.

L'eau y était d'une extrême clarté. Ils étaient restés peu de temps, car il se faisait tard et ils voulaient rentrer avant la nuit. Mais ils avaient trouvé dans le fond un entonnoir qui avait excité leur curiosité.

— J'ai l'impression que nous allons faire aujourd'hui des découvertes sensationnelles, dit soudain l'Américain en bouclant sa ceinture de plomb.

Rennotte ajustait ses bouteilles sur son dos.

— Quel genre de découvertes ? questionna-t-il.

Roos haussa les épaules, un léger sourire retroussa ses lèvres minces.

— Je ne sais pas... Une vieille pieuvre, peut-être, toute blanche et monstrueuse.

Rennotte mit l'embout dans sa bouche et fit les essais des bouteilles. Après quoi, il enfila ses palmes.

— Vous mettez aussi longtemps à vous préparer qu'une vieille coquette, reprocha-t-il à son compagnon.

L'Américain se dépêcha. Ils furent bientôt prêts, ajustèrent les masques, prirent les lampes. Rennotte sauta le premier, aussitôt suivi de Roos. Ils se retrouvèrent sous l'eau, se regardèrent et s'adressèrent mutuellement le signe « tout va bien », formant un cercle avec le pouce et l'index joints. Puis ils nagèrent l'un près de l'autre en direction de la falaise.

Ils connaissaient les approches mieux que personne et ils retrouvèrent sans difficulté l'entrée de la grotte. Ils s'y engagèrent l'un derrière l'autre et allumèrent leurs lampes. Trois mètres plus loin, ils remontèrent de l'autre côté, retrouvèrent la surface.

Le silence était impressionnant et le clapotis que provoquait le moindre mouvement des nageurs se répercutait sous la voûte d'une manière extraordinaire. Ils éclairèrent les stalactites, s'amusèrent un instant à créer des effets de lumière, puis l'Américain pointa son pouce vers le fond et Rennotte répondit affirmativement. Ils basculèrent et plongèrent vers l'entonnoir, braquant leurs lampes droit devant eux…

L'eau était froide et ils avaient les mains gourdes. À dix mètres sous la surface, le passage devint trop étroit pour qu'ils pussent continuer de front. William Roos prit la tête. Un peu plus bas, le tunnel s'incurva décrivant un arc de cercle sur un plan vertical. Lorsqu'ils se retrouvèrent à l'horizontale, Rennotte consulta son profondimètre. Ils étaient à la cote – 13.

Direction nord-nord-ouest, température de l'eau 14 °C, fond de vase, parois de craie lisse, diamètre du passage environ deux mètres. Ils continuèrent d'avancer sur une distance que Rennotte estima une trentaine de mètres et débouchèrent dans une salle dont le fond était formé de blocs chaotiques, et la voûte d'une table inclinée de vingt degrés environ sur la droite. Ils marquèrent une pause, pivotant lentement sur eux-mêmes avec leurs lampes, puis se faufilèrent entre les blocs à la recherche d'un nouveau passage…

Roos trouva une ouverture dans un angle et appela par gestes son compagnon. C'était une sorte de boyau étroit qui s'enfonçait à 45 °C. Rennotte approcha sa lampe de l'entrée mais ne put apercevoir le fond. Roos le repoussa et s'engagea sans hésiter dans le trou à peine assez grand pour lui. Une angoisse, qui ressemblait à de la peur, étreignit Rennotte. Il pensait qu'il fallait être fou pour pénétrer dans ce goulot de bouteille sans être assuré de pouvoir faire demi-tour.

Roos progressait lentement. Rennotte suivait avec inquiétude le battement rythmé de ses palmes qui soulevaient une fine poussière de particules blanchâtres.

Rennotte hésitait. Il avait peur et ne cherchait pas à se leurrer. Autant il se sentait à l'aise en pleine mer, dans les grandes profondeurs, autant il se sentait oppressé dans les grottes. C'était une réaction physique contre laquelle il ne pouvait rien.

Lorsque l'Américain eut disparu, il décida néanmoins de le suivre. Sa conscience professionnelle se révoltait à l'idée d'abandonner à son sort un client dont il était responsable. Il aurait dû l'empêcher d'aller plus loin, mais Roos l'avait pris de vitesse et maintenant que le vin était tiré, il fallait le boire.

Les bouteilles heurtèrent la paroi supérieure. Rennotte s'immobilisa, inquiet, mais l'air continuait d'arriver normalement dans l'embout buccal. Il repartit, battant lentement des pieds, se guidant d'une main contre la paroi lisse, s'éclairant de l'autre.

À moins vingt-deux mètres, la pente cessait brusquement, le boyau s'élargissait sur un fond de vase que le passage de Roos avait agitée, réduisant considérablement la visibilité. Rennotte éteignit un instant sa lampe, le temps d'apercevoir légèrement à sa droite une lueur vers laquelle il se dirigea.

Dix secondes plus tard, il rejoignit l'Américain qui l'accueillit main levée, formant avec ses doigts le cercle du « tout va bien ». Rennotte répondit de la même façon. Ils attendirent un moment, laissant la vase remuée retomber, puis braquèrent leurs lampes vers le haut. La voûte était invisible. Roos leva son pouce dressé pour indiquer qu'il allait monter et Rennotte le suivit.

Ils s'élevaient lentement. L'eau redevenait de plus en plus claire. Ils touchèrent enfin le sommet, une paroi de pierre tendre et rugueuse à la cote – 14 et commencèrent une exploration méthodique de cette haute salle complètement immergée. Rennotte ne pouvait s'empêcher de penser que s'il leur arrivait un accident, jamais personne ne les retrouverait là. Il était obsédé maintenant par la crainte de ne plus retrouver les passages pour repartir et il ne cessait de se répéter les repères et les orientations.

Ils trouvèrent une cheminée au sud, à peine plus large que le boyau précédent. Roos, qui n'en démordait pas, fonça immédiatement dedans. Cette fois, sans doute parce que cela remontait, Rennotte le suivit sans réticence. Il espérait soudain qu'ils allaient déboucher dans une grotte au niveau de la mer avec une possibilité de sortie directe.

La cheminée s'élevait presque verticalement sur cinq ou six mètres, puis se cassait à angle droit. Un passage resserré leur donna des difficultés et les bouteilles frottèrent. Puis, les parois s'écartèrent et aussi loin que les lampes pouvaient porter, ils ne virent plus rien que l'eau claire.

Le profondimètre indiquait huit mètres cinquante de fond. Ils éteignirent leurs lampes et levèrent la tête. Il y avait de la lumière en haut.

Rennotte éprouva d'abord un soulagement intense, puis il eut l'impression que cette lumière n'était pas naturelle. Trop forte pour être assimilée à la lumière tamisée d'une grotte ouverte à l'air libre, sa couleur jaune n'avait rien de comparable avec celle du jour sur la surface extérieure.

William Roos lui-même paraissait intrigué. Immobile sur le dos, il semblait attendre quelque chose. Ils restèrent ainsi de longues minutes. Rennotte regarda le cadran lumineux de sa montre. Le temps avait passé très vite et la prudence leur aurait commandé de faire demi-tour car ils devaient bientôt entamer l'air des secondes bouteilles.

Leurs yeux s'habituaient à l'obscurité relative du fond et ils se distinguaient maintenant l'un l'autre avec une netteté satisfaisante. Rennotte se disposait à questionner son compagnon sur ses intentions lorsque celui-ci pointa soudain son index vers lui, puis leva sa main ouverte, doigts joints. Roos se toucha ensuite la poitrine avec son index, puis leva son pouce dressé. En clair, cela signifiait : « Vous, restez ici, ne bougez pas. Moi je monte. »

L'instant d'après, l'Américain se mit en position verticale et commença de s'élever doucement. Rennotte le suivait du regard, de nouveau angoissé contre toute raison, et ce fut à ce moment-là qu'il décida que cette exploration en compagnie de Roos serait pour lui la dernière.

Roos avait atteint la surface. Il resta d'interminables secondes sans bouger. Puis, il se mit à nager, amorçant un cercle.

Rennotte entendit alors un bruit qu'il ne put identifier, puis un autre, comparable au claquement d'un fouet. Roos bascula dans un grand bouillonnement d'écume et redescendit. Mais, Rennotte comprit immédiatement que son compagnon ne redescendait pas normalement, mais qu'il coulait. D'autres claquements lui parvinrent, étouffés par l'épais matelas d'eau. Roos, agité de mouvements désordonnés, tombait en vrille. Sa lampe lui avait échappé et Rennotte la vit passer tout près de lui.

Stupéfait, ne comprenant rien à ce qui était arrivé, Rennotte alluma sa propre lampe pour signaler sa position à son compagnon et se porta au-devant de lui. Il le vit alors cracher son embout puis se laisser aller mollement, inerte. Au même instant, les claquements se firent de nouveau entendre et des traits brillants déchirèrent l'eau, laissant un sillage de petites bulles.

Rennotte se rendit compte enfin que quelqu'un, d'en haut, tirait sur eux, et que Roos avait été touché en surface. Il attrapa celui-ci par un bras et le tira vivement vers le boyau qui leur avait donné accès et qu'il retrouva sans peine dans le faisceau de sa lampe en se retournant. Mais il avait oublié l'étroitesse du passage et il se trouva coincé contre la roche. Il se dégagea presque aussitôt, puis il comprit qu'il n'avait aucune chance de pouvoir sauver son compagnon, en admettant que celui-ci ne fût pas déjà mort. Lui remettre l'embout dans la bouche ne servirait à rien s'il n'était pas capable de respirer par ses propres moyens, et le chemin du retour était beaucoup trop long, beaucoup trop difficile…

Rennotte hésita très peu. Il repoussa l'Américain au-dessus duquel l'embout buccal libérait de grosses bulles d'air qui montaient aussitôt vers la surface. Mais un bras de celui qui n'était peut-être plus qu'un cadavre buta contre le rocher et arracha le masque de Rennotte, ainsi que son embout. Pris de panique, Rennotte laissa échapper sa lampe pour rattraper son masque. Ses yeux se remplirent d'eau. Il pensa que s'il se laissait aller au désarroi, tout était perdu. Au prix d'un terrible effort sur lui-même, il parvint à retrouver le contrôle de ses gestes et à replacer, selon la technique qu'il enseignait à ses élèves, le masque et l'embout.

Mais ses mouvements brusques et le déplacement du corps de Roos sur le fond avaient remué la vase. À demi aveuglé par l'eau, même après qu'il eut chassé celle-ci de son masque, Rennotte éprouva mille difficultés pour retrouver sa lampe qui ne formait plus dans l'eau trouble qu'un halo jaunâtre. Il put enfin remettre la main dessus et se glissa aussitôt dans l'étroite ouverture du boyau.

Le retour fut un véritable cauchemar. Obligé de passer presque aussitôt sur sa réserve d'air, il perdit du temps dans les salles en se hâtant trop et parce que l'émotion, la peur, lui avaient fait oublier les orientations. Plusieurs fois, il fut au bord de la panique et du renoncement. Il réussit néanmoins à rejoindre la première grotte aux stalactites et fut obligé d'y faire surface. Il n'y avait plus un gramme d'air dans ses bouteilles.

Il se hissa sur une banquette rocheuse et s'allongea pour récupérer. Il ne réalisait pas encore très bien ce qui s'était passé, son cerveau fonctionnait à vide. Quand il se sentit suffisamment en forme, il s'oxygéna par de profondes inspirations successives, puis plongea et passa sous le seuil immergé de la grotte sans le secours de ses bouteilles devenues inutiles.

Il crut que la joie allait le faire suffoquer lorsqu'il retrouva soudain le ciel, le soleil et la mer. *La Ravageuse* était toujours là, tirant sur son ancre. Un grand bateau blanc passait au large de la Sardaigne.

Nicolas Rennotte regagna son bord et ce fut alors seulement que le drame qu'il venait de vivre lui apparut dans toute son ampleur. Il descendit dans la cuisine, mangea et but pour se réconforter. Il avait encore l'intention de rentrer au port sans plus attendre afin d'avertir la police. Puis, il se rendit compte de ce qu'il y avait d'insolite et d'effrayant dans cette aventure. En débouchant à la surface de la dernière grotte, William Roos avait dû voir quelque chose et des inconnus qui se trouvaient là n'avaient pas hésité à le tuer ; comme ils n'hésiteraient probablement pas à le tuer, lui, Nicolas Rennotte, s'ils apprenaient qu'il avait pris part à cette expédition et s'ils pensaient qu'il avait pu, lui aussi, voir quelque chose.

Lorsqu'il remit le moteur de *La Ravageuse* en marche, avant de remonter l'ancre. Nicolas Rennotte avait pris une décision. Il dirait que Roos avait disparu au cours d'une plongée normale et il oublierait cette histoire de grottes.

2

Hubert Bonisseur de la Bath, *alias* OSS 117, regardait entre ses paupières mi-closes son chef qui continuait de parler. Installé dans un fauteuil profond, les jambes croisées, les bras allongés, il offrait l'image presque parfaite de la décontraction.

— Nous avons reçu d'une de nos sources soviétiques, disait Mr Smith, une information concernant des installations ultrasecrètes établies par les Russes en divers points du globe dans des grottes sous-marines. Pas la moindre indication sur la nature de ces installations, ni sur leur implantation, excepté que l'une d'elles peut être située dans la pointe sud de l'île de Corse, dans les environs de Bonifacio…

— J'ai toujours rêvé de connaître la Corse, intervint Hubert. C'est un des rares endroits de cette planète que je n'ai pas encore visités.

— Eh bien, vos vœux vont se trouver comblés…

Mr Smith ralluma son cigare qui venait de s'éteindre. Lorsqu'il bougeait la tête, ses yeux pâles subissaient d'étranges déformations derrière les verres épais de ses lunettes de myope. Il ressemblait à une vieille grenouille, un brin mélancolique.

— J'ai envoyé là-bas un de nos agents, qui venait de subir un entraînement de nageur de combat à l'école de plongée de la Marine, à Bayonne, dans le New Jersey. Il s'est installé à Bonifacio voici un mois, sous le nom de William Roos, et s'est lié avec un professeur de plongée pour touristes, un certain Nicolas Rennotte…

Mr Smith s'interrompit comme s'il était à bout de souffle et feuilleta le dossier ouvert devant lui.

— Un Français ? questionna Hubert.

— Oui, mais qui a travaillé pour l'OSS pendant les deux dernières années de la guerre. Roos pensait pouvoir lui faire confiance en cas de besoin et c'est en sa compagnie qu'il a entrepris une exploration systématique des grottes sous-marines qui sont très nombreuses autour de Bonifacio…

— Ce Rennotte était-il informé de ce que Roos cherchait ?

— Non et il ne semble pas avoir jamais manifesté la moindre curiosité à ce sujet.

— Et alors ? Ils ont trouvé quelque chose ?

— Je n'en sais rien. Voici deux jours, Rennotte est entré seul au port et a déclaré que Roos avait disparu au cours d'une plongée normale. Ce sont des accidents qui arrivent, bien sûr, mais je suis sceptique. Je voudrais donc que vous alliez là-bas et que vous essayiez de faire parler Rennotte. C'est un ancien de l'OSS, je vous l'ai dit, et il se confiera peut-être plus facilement à un ex-collègue…

— Et, s'il ne parle pas ?

La voix de Mr Smith se fit soudain très douce.

— S'il ne parle pas, n'hésitez pas à le mouiller… Répandez le bruit qu'il y a un secret dans la mort de Roos et que Rennotte connaît ce secret… Et puis, surveillez-le. Si personne n'essaie de lui mettre le grappin dessus, c'est que la mort de Roos aura vraiment été accidentelle. Dans le cas contraire..., vous aurez de quoi vous amuser.

— Je vois, dit Hubert. J'espère qu'il y aura des réactions.

— Je l'espère aussi... Ah ! soyez prudent dans vos rapports avec les Corses. Ce sont des gens courageux, doués d'un sens très vif de l'honneur et de l'esprit de clan, mais terriblement ombrageux. Souvenez-vous qu'il vaut toujours mieux les avoir avec soi que contre soi. C'est tout, vieux garçon. Bonne chance.

3

Nicolas Rennotte, assis sur un des coffres du poste de pilotage, lisait les journaux du matin. *La Ravageuse* était dans le port, amarrée au quai, dans le secteur réservé aux yachts. Tout près de là, des touristes embarquaient dans les gros canots à moteur pour la visite des grottes du Sdragonato et de Saint-Antoine. La houle étant assez forte à la sortie du goulet, ils ne pourraient sûrement pas entrer dans la seconde ; mais les marins-guides se gardaient bien de les en avertir.

Nicolas Rennotte posa *Nice-Matin* près de lui et alluma une cigarette. Le compte rendu de l'accident était conforme à la version que lui-même avait donnée à la gendarmerie et aux journalistes locaux : au cours d'une plongée normale, il avait soudain perdu de vue son compagnon. Il était remonté, croyant le retrouver à la surface, puis avait replongé et l'avait longtemps cherché, décrivant des cercles de plus en plus larges autour de l'endroit où il l'avait vu pour la dernière fois. Sans résultat. Accident classique. On ne pouvait rien faire, sinon attendre que la mer rendît le corps.

Nicolas Rennotte frissonna au souvenir de l'instant où il avait dû abandonner son camarade pour sauver sa propre existence. Il savait bien, lui, qu'à moins d'un miracle, la mer ne rendrait jamais le cadavre.

Il se leva et sortit sur le pont. Un car de touristes venait de s'arrêter sur le quai de la Marine, devant la boutique aux souvenirs. Un paysan, coiffé du chapeau noir traditionnel, passait sur un âne trottinant. Aux fenêtres des vieilles maisons, sous l'abri des parties inférieures mobiles des volets, à demi levées, des femmes encore en chemises de nuit, observaient les passants.

L'attention de Rennotte fut soudain attirée par un quidam qui venait de s'immobiliser à une vingtaine de mètres, devant le portail d'un entrepôt. C'était un homme de taille moyenne, très brun, qui portait une chemise polo écrue, à grosses mailles, sur un pantalon de toile beige. Les mains dans les poches, il regardait *La Ravageuse*.

L'homme s'aperçut soudain que Rennotte le surveillait et il feignit aussitôt de s'intéresser aux fortifications de la ville haute, puis aux falaises de craie blanche qui bordent l'autre rive du port enfoncé comme un doigt dans les terres.

Des touristes approchèrent du bateau. Rennotte comprit qu'ils parlaient de l'accident et rentra aussitôt dans le poste pour échapper à leur curiosité. Ce fut à ce moment-là que l'homme parut se décider. Il sortit les mains de ses poches et marcha délibérément vers *La Ravageuse*.

Une angoisse serra la gorge de Rennotte dont le cœur se mit à battre plus vite. Qui était cet homme ? Que voulait-il ? Un policier ? Un journaliste ? Ou bien l'un des inconnus qui avaient tiré sur William Roos ?

Les journaux avaient publié la photographie de l'Américain, une photographie très ressemblante, et les mystérieux assassins devaient maintenant savoir que William Roos plongeait toujours en compagnie de Nicolas Rennotte.

Sans hésiter, l'homme franchit la passerelle et prit pied sur le pont. La bouche sèche, Rennotte se porta au-devant de lui.

— Vous désirez ?

L'homme eut un mince sourire, un peu forcé. Il portait des mocassins de cuir blanc, sûrement de provenance italienne et son visage tanné et buriné était un visage de dur. De même les yeux, sombres et froids comme le verre.

— Alberto Tabossi, répliqua-t-il. Je suis le correspondant pour la Corse de *L'Aventure sous-marine*.

Rennotte connaissait bien cette revue, évidemment. Il fut brusquement soulagé et tendit la main au visiteur.

— Enchanté, dit-il.

Les curieux s'étaient approchés et prêtaient l'oreille.

— Entrons dans le poste, proposa Rennotte. Nous serons plus tranquilles…

Alberto Tabossi le suivit. Rennotte lui offrit l'unique fauteuil de rotin et s'assit lui-même sur un coffre.

— Je n'ai sans doute pas besoin de vous dire pourquoi je suis ici ? reprit Tabossi.

— Je le devine sans peine.

— C'est un grand malheur…

— Incompréhensible, affirma Rennotte. Roos était un plongeur professionnel. Je ne comprends pas ce qui a pu se passer…

— Une syncope, peut-être ?

— Probablement.

Tabossi regarda autour de lui.

— Joli bateau, apprécia-t-il. Quelle construction ?

— C'est un *fifty-fifty*, un Spey I, de construction anglaise ; douze mètres vingt hors tout et un mètre quarante-cinq de tirant d'eau, gréé en ketch, avec un diesel de cinquante chevaux.

— Il a dû vous coûter cher ?

— Je l'ai acheté d'occasion, dans de très bonnes conditions.

— J'aimerais le visiter… Vous avez dit *fifty-fifty*. Qu'est-ce que cela veut dire ?

Rennotte le considéra soudain avec étonnement. Qu'un journaliste spécialisé, même d'une certaine façon, dans les choses de la mer ignorât ce qu'était un *fifty-fifty*, ne pouvait que surprendre.

— C'est un bateau qui concilie les avantages de la voile et du moteur en supprimant les inconvénients des deux.

— Je vois, dit le journaliste.

Il parlait français avec un accent méridional, mais son accent parut à Rennotte relever davantage du sarde que du dialecte corse. Ce n'était pas en tout cas l'accent des gens de Bonifacio, dont l'origine génoise a marqué le langage.

— Vous êtes Corse ? questionna Rennotte.

— Hé oui ! répliqua l'autre. De Bonifacio.

Rennotte sentit Soudain sa méfiance redoubler.

— On visite ? insista l'autre.

Rennotte pensa brusquement que cet homme-là n'était pas un vrai journaliste et qu'il était peut-être venu pour le tuer. Il pourrait l'assassiner dans le fond du bateau, puis s'en aller tranquillement. Rennotte l'examina des pieds à la tête. Aucune protubérance suspecte, mais il pouvait avoir dans sa poche un de ces couteaux à cran d'arrêt chers aux Corses… Surtout, une fois en bas, ne jamais lui tourner le dos.

— Allons-y, dit Rennotte.

Il passa le premier, attendit le journaliste en bas.

— À droite, la cuisine, annonça-t-il. À gauche, le cabinet de toilette… En face, l'atelier et le magasin, qui était autrefois un salon-salle à manger avec deux banquettes-couchettes.

Le journaliste pénétra dans l'atelier, examina les équipements et le compresseur destiné au remplissage des bouteilles d'air comprimé. Puis, il montra la porte du poste avant.

— Et là ?

Rennotte ouvrit la porte.

— Le poste avant. Il y avait deux couchettes… C'est devenu un vestiaire et un débarras.

Alberto Tabossi mit une main dans sa poche et poussa Rennotte pour mieux voir. Le professeur sentit la sueur perler à ses tempes. Il se dégagea brusquement.

— Hé ! fit sèchement le visiteur. Qu'est-ce qu'il vous arrive ?

Ils se regardaient. Rennotte ne put supporter l'expression scrutatrice des yeux sombres et froids braqués sur lui. Il se sentit rougir et détourna la tête.

— Excusez-moi, bredouilla-t-il.

Alberto Tabossi passa lentement devant lui pour revenir en arrière. Au pied de l'échelle, il se retourna, observa de nouveau le visage de Rennotte et dit :

— Je comprends que les circonstances tragiques de la mort de votre camarade vous aient rendu nerveux…

— Quelles circonstances ? riposta maladroitement Rennotte.

Tabossi ne répondit pas. Le mince sourire qu'il avait eu en arrivant reparut sur ses lèvres. Il remonta dans le poste de pilotage. Rennotte le suivit.

— C'est une grande perte pour vous, monsieur Rennotte.

— Ce n'était pas un ami, répliqua celui-ci. Je ne le connaissais que depuis peu… C'était un client, un bon client.

— Ce n'est pas de cela que je voulais parler, répliqua doucement Tabossi, mais de la perte de matériel. Je crois que Roos portait un scaphandre qui vous appartenait ?

— Comme tous mes élèves.

— Roos n'était pas un élève ordinaire.

— Non, bien sûr. Mais je lui louais le matériel.

— Exactement semblable à celui que vous m'avez montré en bas ?

Où voulait-il en venir ? Rennotte faisait effort pour ne pas montrer son trouble.

— Oui, admit-il.

Tabossi se retourna et montra la porte du poste arrière.

— Et là ?

— Deux couchettes.

Tabossi ouvrit et se pencha, mais ne descendit pas. Son attitude énerva soudain Rennotte qui se mit à réciter sur un ton de provocation :

— Au fond du poste arrière, la réserve à voiles. En dessous de nous, le compartiment moteur. Le bateau est bordé en mélèze sur membrures de chêne, pont en bois de teck, superstructures en acajou, mât en Spruce laminé, gouvernail en acier galvanisé…

Tabossi l'interrompit, ironique.

— Je ne voulais pas être indiscret.

Il referma la porte, alluma une cigarette, revint vers l'avant du poste et toucha la roue du gouvernail.

— On dit en ville que William Roos était un mordu de l'exploration des grottes sous-marines. Vous l'accompagniez ?

De nouveau. Rennotte était sur la défensive. Il remarqua soudain que Tabossi ne prenait aucune note. Étrange journaliste, sans le papier ni le crayon qui sont les armes de la profession.

– Quelquefois…

– Je suppose que vous avez visité tous les trous dans la falaise, entre le cap de Feno et la pointe Saint-Antoine ?

– Quelques-unes seulement.

– Intéressant ?

– Rarement. Quelques stalactites. Rien qui puisse justifier les dangers courus…

Tabossi s'étonna.

– Des dangers ? Vous vous engagiez donc très loin ?

Rennotte se sentait rougir une fois de plus et son sang-froid menaçait de l'abandonner.

– Non, jamais. Il n'y a d'ailleurs pas de grottes vraiment profondes…

– Certains affirment le contraire. Le cap Pertusato doit bien son nom à une galerie qui le traverse de part en part…

– Je ne suis pas spéléologue.

– Au moment de l'accident, quelle grotte visitiez-vous ?

– Nous ne visitions pas de grotte. Nous explorions les fonds devant le sémaphore…

– Vous chassiez ?

– Non. Nous n'avions pas de fusil.

Excédé, il tourna la tête pour regarder le bord et ajouta :

– Vous allez m'excuser, mais j'ai un rendez-vous en ville…

– À la gendarmerie ? questionna Tabossi.

— J'y étais hier, répliqua Rennotte, et je n'ai aucune raison d'y retourner aujourd'hui…

Tabossi examina l'extrémité incandescente de sa cigarette, puis s'enquit d'un ton faussement indifférent :

— Ils ont accepté votre version des faits ?

Rennotte en eut le souffle coupé. Puis il respira un grand coup et marcha vers son interlocuteur.

— Que voulez-vous dire ?

Tabossi sourit.

— Ne vous fâchez pas… Rien de désobligeant pour vous. Mais, tout le monde connaît la police. Quand il y a mort d'homme, ils espèrent toujours que cette mort n'est pas naturelle. C'est leur métier… Alors ils questionnent, ils embêtent les témoins, les harcèlent.

— Ils n'avaient aucune raison de ne pas me croire.

— J'en suis sûr, affirma Tabossi.

Il souriait toujours, un sourire énervant.

— Je ne vais pas vous embêter plus longtemps, enchaîna-t-il. Je vous remercie de m'avoir reçu…

Il tendit la main à Rennotte qui la lui serra sans chaleur ; puis il sortit du poste et quitta le bateau. Rennotte le suivit des yeux alors qu'il s'éloignait sur le quai dallé, en direction de l'église Saint-Érasme, puis du vieux chemin pavé qui monte en degrés vers la ville haute.

Rennotte resta un long moment sans bouger. Il avait peur. Cet homme-là n'était pas un journaliste, il l'aurait parié. Ce n'était pas un Corse non plus et il n'était pas de Bonifacio, quoi qu'il en eût dit. Alors, qui était-il ?

Rennotte descendit dans le poste arrière, chercha un exemplaire de *L'Aventure sous-marine* et le feuilleta jusqu'à ce qu'il eût trouvé le numéro de téléphone de la rédaction, à Paris. Après quoi, il descendit sur le quai et se rendit à l'hôtel le plus proche pour téléphoner. Vingt minutes plus tard, il était fixé : *L'Aventure sous-marine* n'avait aucun collaborateur répondant au nom d'Alberto Tabossi…

Bouleversé, Rennotte revint vers *La Ravageuse.* Il savait maintenant que les assassins de William Roos l'avaient débusqué et que sa propre vie, soudain, ne valait plus très cher…

— Êtes-vous monsieur Rennotte ?

Il sursauta et regarda la femme qui venait de l'interpeller. Elle était devant la passerelle, grande, très blonde et très mince, très bronzée, vêtue d'une robe de toile blanche fort simple et chaussée de spartiates. Elle s'exprimait avec un accent nordique prononcé. Elle était charmante et même, à y regarder de plus près, extrêmement jolie.

— Oui, dit Rennotte subjugué.

— Mon nom est Brigitta Ringborg, reprit-elle avec application. On m'a dit que vous donniez la leçon pour plonger. C'est vrai ?

— C'est vrai.

— Voulez-vous donner à moi la leçon ?

— Mais, certainement, mademoiselle. Voulez-vous monter ?

Il lui donna la main pour l'aider à franchir la passerelle et la guida vers le poste de pilotage…

4

Hubert Bonisseur de la Bath rangea la Dauphine de location sur le terre-plein devant la Porte Neuve et mit pied à terre. Arrivé peu après une heure à Campo dell' Oro, l'aéroport d'Ajaccio, il avait loué une voiture et pris la route tout aussitôt.

Il était maintenant 17 h 10 et la Marine était déjà dans l'ombre lorsqu'il s'y était arrêté un instant, le temps de constater l'absence de *La Ravageuse*.

Hubert ferma les portières et passa sous la porte fortifiée pour entrer dans la ville haute. Des gamins se poursuivaient en criant. Un camion militaire descendait à grand bruit la rue Scamaroni que des travaux en cours rétrécissaient encore. Sur la terrasse d'un café, des hommes âgés, la canne entre les jambes, sirotaient leurs pastis en regardant avec nostalgie les femmes agglutinées devant un magasin de primeurs, sur l'autre trottoir.

Hubert marchait tranquillement sans se hâter, au milieu de la rue en pente. Avant de partir, il avait étudié un plan de la ville et il savait où il allait.

Deux soldats coiffés du béret de toile kaki avaient entrepris une jolie brune sur la place Montepagano. Hubert prit à gauche la rue du Général-de-Gaulle et continua de monter, observant avec curiosité les vieilles maisons couvertes de crasse, les escaliers sombres, raides comme des échelles, les vieilles portes branlantes.

Il passa devant la mairie, longea l'église Sainte-Marie-Majeure, intrigué par les arcs-boutants qui, par-dessus la rue, conduisent l'eau des toits dans la citerne située sous le portique de l'église.

Il tourna enfin à droite, suivit une rue plate, également dallée, et déboucha presque aussitôt sur une terrasse en surplomb sur la mer. Cette brusque ouverture sur le ciel et sur la lumière, après l'atmosphère oppressante des ruelles étroites, lui fit un instant oublier la désagréable odeur de latrines que la brise de mer ne parvenait pas à dissiper. Mais il n'était pas venu là pour admirer le panorama sur la Sardaigne et le cap Pertusato. Il s'orienta, trouva la maison qu'il cherchait, pénétra dans un couloir aussi noir qu'une galerie de mine.

Trois boîtes aux lettres. Sur l'une d'elles, une carte de visite fixée avec du scotch : « Nicolas Rennotte – moniteur de plongée sous-marine », avec cette indication rajoutée au crayon à bille : « 2e étage. »

Hubert ouvrit la boîte, qui n'était pas fermée à clé. Elle était vide. Il la referma, puis s'engagea dans l'escalier obscur. Tout était parfaitement silencieux et il n'aurait fait lui-même aucun bruit sur ses semelles de caoutchouc souple si les marches vermoulues n'avaient craqué sinistrement sous chacun de ses pas.

Deuxième étage, une seule porte, le palier éclairé par une minuscule lucarne au verre opaque de saleté. Et toujours cette odeur. Hubert s'immobilisa, l'air parfaitement décontracté bien que tous ses sens fussent en éveil.

Une galopade rapide au-dessus de lui le laissa indifférent : quelque rat en chaleur poursuivant une rate sous la soupente. Il tourna lentement la tête et regarda la porte. Une seule serrure, d'un modèle antédiluvien, pas de verrou. Une carte de visite identique à celle déjà vue sur la boîte aux lettres.

Hubert allait bouger lorsqu'un bruit nouveau, insolite, mobilisa son attention. Il tendit l'oreille. Quelqu'un approchait de la porte, de l'autre côté, quelqu'un tournait la poignée, tirait le battant.

Un homme apparut, de taille moyenne, très brun, vêtu d'un polo de lin écru, ajouré, et d'un pantalon de toile beige, chaussé de mocassins en cuir blanc couverts de poussière. Il sursauta en découvrant Hubert sur le palier et se figea, sur la défensive.

– Monsieur Rennotte ? s'enquit aimablement Hubert.

L'homme hésita, déglutit, puis répondit d'une voix sourde.

– Oui, que voulez-vous ?

– Quelques renseignements sur vos cours de plongée avant de décider si je vais m'y mettre ou non.

L'homme parut à la fois, assez curieusement, ennuyé et soulagé. Il consulta sa montre.

– Écoutez, répliqua-t-il, ce n'est pas le moment. J'ai un rendez-vous urgent…

– Je peux vous accompagner, proposa Hubert. Nous causerons en cours de route…

– Non.

L'homme parut réfléchir un instant, puis enchaîna :

– Vous allez plutôt m'attendre ici. Je n'en ai pas pour longtemps.

– Si cela ne vous dérange pas…

– Entrez.

L'homme précéda Hubert dans une pièce assez vaste, dont les murs avaient été fraîchement repeints à la chaux. Des fauteuils de rotin, une vieille table paysanne flanquée de bancs assortis, des cretonnes aux couleurs vives, un tapis en poil de vache, deux fenêtres étroites aux volets entrouverts, une autre porte, juste en face. Aux murs, des aquarelles, des photographies… À droite, de l'entrée, une porte ouverte sur une cuisine.

— Asseyez-vous, reprit l'homme, faites comme chez vous. Je reviens dans cinq minutes.

Hubert, qui regardait les photographies, répliqua doucement :

— Cela m'étonnerait beaucoup.

L'homme cessa visiblement de respirer. Ils entendirent le bourdonnement exaspéré d'une grosse mouche qui essayait vainement de franchir une vitre.

— Pourquoi ? questionna l'homme.

Sa voix s'était encore assourdie et il devait avoir la gorge sèche car il déglutit de nouveau. Hubert se tourna vers lui, un léger sourire éclairant son visage de prince pirate.

— Parce que vous n'êtes pas Nicolas Rennotte, répondit-il.

D'un ton tranquille, comme si le fait, après tout, n'était guère important. L'homme respira profondément et ses tempes se couvrirent de sueur. Sur la fenêtre, la grosse mouche arrêta son manège irritant. Le silence devint épais comme de la poix. L'homme regarda les photographies sur le mur, qui représentaient toutes Nicolas Rennotte, seul ou en compagnie d'autres personnes, et il se mordit la lèvre inférieure. Puis il se mit à rire.

— Je voulais vous faire une blague, dit-il, mais c'est raté. Je suis un ami de Nicolas. Il est à côté, je vous l'aurais envoyé.

Il fit un mouvement pour contourner Hubert qui se trouvait entre lui et la porte restée ouverte.

— Je vais le chercher.

Hubert allongea le bras pour l'arrêter.

— Je vous accompagne.

L'autre devint gris. Il serra les dents et la peau de son crâne se tendit.

— Foutez-moi la paix, gronda-t-il. Je n'ai pas besoin de nourrice.

— Allons-y, répliqua simplement Hubert.

Un couteau à cran d'arrêt apparut brusquement dans la main droite de l'homme. Hubert entendit le claquement sec de la lame qui jaillissait sous l'action du ressort libéré d'un coup de pouce. Il s'attendait depuis un instant à quelque chose de ce genre et ne fut pas surpris. Sans peine, il bloqua l'attaque et retourna le bras armé de son adversaire qui se trouva courbé en arrière, dans une position des plus inconfortables. La main droite d'Hubert orienta convenablement le poignet de l'homme qui n'avait pas lâché le couteau et sa main gauche, le saisissant aux cheveux, amena le cervelet en contact avec la pointe de la lame.

— Maintenant, dit-il d'une voix unie, tu vas me dire qui tu es et ce que tu faisais ici.

L'homme manquait d'air. Il répondit avec difficulté :

— Je suis un ami de Rennotte et je n'ai pas de comptes à vous rendre.

— Si tu n'avais rien à te reprocher, reprit Hubert, tu n'aurais pas sorti ton couteau simplement parce que je voulais t'accompagner jusqu'à Rennotte. Même en Corse, cela me paraît un peu excessif.

— Allez vous faire foutre ! riposta l'homme.

Puis, brusquement, il frappa Hubert à la cheville, de la pointe de son mocassin. Sa position en déséquilibre arrière ne pouvait lui permettre d'appuyer son coup et Hubert le sentit à peine. Mais l'homme ne put ramener sa jambe comme il le voulait et entraîna involontairement Hubert, partant à reculons. Il buta contre une chaise et tomba vers la table. Surpris, Hubert n'eut pas le temps de lâcher sa prise. Le poing armé de l'homme se bloqua sur la table et la pointe d'acier pénétra dans le cervelet, jusqu'à la garde.

Stupéfait, Hubert se dégagea, non sans peine, regarda sa victime glisser à terre et s'affaler sur le côté, le manche noir du couteau fiché dans la nuque. Il jura et se sentit blêmir. Il n'avait jamais eu l'intention de tuer cet homme. Son attitude lui avait simplement paru étrange et il voulait le faire parler. Rien de plus.

Le cœur battant la chamade, le corps couvert de sueur, il alla refermer la porte sur le palier et revint vers le cadavre. À genoux, il le fouilla. Pas de portefeuille, pas de papiers d'identité. Un billet de cent nouveaux francs, des pièces de monnaie, un paquet de cigarettes aux trois quarts vide, un briquet à gaz, un passe-partout à dents réglables. Rien de plus.

Hubert remit tout en place, non sans avoir essuyé les pièces, le briquet et le passe-partout qu'il avait touchés. Il était perplexe. Qui était cet homme ? Qu'était-il venu faire dans l'appartement de Nicolas Rennotte ? Les deux questions restaient posées. Une seule chose paraissait évidente : l'inconnu n'était pas un citoyen ordinaire. Les honnêtes gens ne se promènent pas avec des passe-partout dans leurs poches.

Hubert était maintenant bien ennuyé. Tuer un homme est une chose, faire disparaître le cadavre en est une autre. Hubert regarda autour de lui, à la recherche d'une idée, puis passa dans la pièce voisine, qu'il n'avait pas encore visitée et qui était tout simplement la chambre. Dans le fond de celle-ci, une porte. Il alla l'ouvrir. Un petit vestibule desservait un cabinet de toilette dont l'aménagement paraissait récent et un cabinet d'aisances construit en surplomb sur la falaise et dont l'échappement se faisait tout simplement et directement dans la mer, à soixante mètres plus bas.

Hubert entreprit alors une perquisition minutieuse. Il savait maintenant comment il se débarrasserait du cadavre, mais il lui fallait pour cela attendre la nuit, et prendre le risque de voir Rennotte arriver. Un risque mineur. Rennotte avait appartenu à l'OSS et un ancien des services spéciaux n'est pas le genre d'homme à se précipiter chez les flics lorsqu'il trouve un cadavre chez lui dans certaines circonstances. Hubert entrevoyait même déjà le moyen d'utiliser ce cadavre pour amener Rennotte à vider son sac…

Car il faudrait bien que Rennotte vidât son sac, de gré ou de force.

*

Nicolas Rennotte aida Brigitta Ringborg à prendre pied sur l'échelle d'acajou accrochée à la poupe de *La Ravageuse* et la poussa aux fesses pour l'aider à monter. Il suivit ensuite le même chemin et rejoignit la jeune femme sur le pont. Ils ôtèrent leurs masques en même temps.

— Comment ça va ? s'enquit Rennotte.

— Ça va très bien, répliqua-t-elle avec son curieux accent. Je trouve ça formidable.

— C’est assez pour aujourd’hui, déclara Rennotte. Nous allons nous défaire de ce barda et rentrer. D’ailleurs, il se fait tard.

Il lui avait appris à s’équiper, puis à respirer par l’embout, enfin les différentes façons de se mettre à l’eau. Pour conclure, il lui avait fait faire le tour du bateau à faible immersion. Elle se débrouillait très bien. Il ôta ses palmes et elle l’imita.

— Répétez les signaux, exigea-t-il. Cela doit devenir automatique.

Elle récita avec application, accompagnant les mots des gestes appropriés.

— Ça va bien… Ça ne va pas très bien. Ça va mal… Vous… Moi… Je monte… Je descends… Stop… J’ai ouvert mon réserve…

— Ma, rectifia Rennotte.

— Ma quoi ?

— Ma réserve.

— Excusez-moi… J’ai ouvert ma réserve… Ouvrez-moi ma réserve.

— Ça va, apprécia Rennotte. Vous êtes une bonne élève.

— Vous me donnez une récompense ?

— On verra ça.

Il l’aida à se débarrasser des bouteilles et de la ceinture de plomb.

Il vaut mieux ôter votre combinaison ici, pour ne pas mouiller en bas.

— Je comprends.

Il eut fini le premier et il dut l’aider à se sortir de l’étroite gaine de caoutchouc. Elle s’appuyait sur lui sans la moindre retenue et il ne restait pas indifférent. Il savait, parce qu’elle le lui avait dit, qu’elle avait vingt-six ans, qu’elle était suédoise et qu’elle se trouvait seule à Bonifacio. Il avait entendu dire que les Suédoises n'avaient pas de complexes sexuels et qu'elles faisaient facilement l'amour avec qui leur plaisait. Le plus simplement du monde. Il se demanda si cela était vrai.

— Vous êtes très, très jolie, dit-il.

Elle le regarda, moqueuse.

— Merci. Vous êtes pas mal non plus.

Elle portait un minuscule bikini qui cachait vraiment bien peu de chose de son admirable anatomie. Il prit les bouteilles et lui demanda de se charger du reste. Elle le suivit.

— Vous êtes choqué, demanda-t-elle soudain, si demain je prends le bain de soleil sans rien ?

— Sans rien quoi ?

— Tout nu, précisa-t-elle.

— Toute nue. Une femme n'est pas tout nu, elle est toute nue.

— C'est la même chose. Vous êtes choqué ?

— Je fermerai les yeux.

— Je suis bien sûre que non.

Il descendit le premier dans l'escalier, rangea les bouteilles, et lui montra où mettre les différentes pièces de l'équipement. Leurs peaux nues, encore humides, se frôlaient à chaque instant, et il eut l'impression qu'elle ne cherchait aucunement à éviter ces contacts, au contraire. Quand ils eurent fini, elle demanda :

— Je voudrais sécher et changer de maillot.

— Suivez-moi.

Ils remontèrent et descendirent de l'autre côté dans le poste arrière. Il sortit des serviettes d'un des placards aménagés sous les couchettes. L'endroit était terriblement exigu. Lorsqu'il se redressa, le bateau roula. La jeune femme perdit l'équilibre et se raccrocha aux puissantes épaules de Rennotte.

— Je suis pas bon pied marin, dit-elle en riant nerveusement.

Il voulut la serrer contre lui, mais elle se dégagea.

— Je vais frotter le dos, déclara-t-elle en lui prenant une serviette. Tournez-vous.

Elle le sécha, puis exigea :

— Vous faites la même chose pour moi.

Elle pivota sur ses talons et, très naturellement, dégrafa son soutien-gorge. Un coup de roulis lui fit de nouveau perdre l'équilibre et tout son corps vint s'appuyer contre celui de Rennotte. Il pensa qu'elle allait lui flanquer une gifle, car elle ne pouvait plus après cela ignorer que…

— Oh ! fit-elle en se retournant vers lui.

L'air confus, une moue charmante aux lèvres, visiblement consciente de sa responsabilité.

— Je suis désolée, ajouta-t-elle.

En même temps, elle lui passa le bras autour du cou et lui tendit sa bouche. Le soutien-gorge abandonné eut tout juste le temps de tomber à leurs pieds… Vingt-sept secondes plus tard, son complément vint le rejoindre… Une longue minute s'écoula encore et les deux pièces enfin réunies furent brusquement couvertes par un slip de rilsan de provenance indiscutablement masculine. Quatre pieds foulèrent le tout un court instant, puis restèrent seulement les deux plus grands, puis plus de pieds du tout…

Brigitta Ringborg venait d'entraîner Nicolas Rennotte dans une plongée qui pour n'être pas sous-marine n'en était pas moins attrayante et pour laquelle il n'avait nul besoin de scaphandres, ni de masques, ni de palmes, non plus que de profondimètres…

5

Hubert, assis dans l'obscurité, entendit soudain des pas dans l'escalier. Il se leva, très souple. La lumière d'un réverbère entrait par les fentes des volets, permettant de distinguer les objets. Hubert se déplaça vers la gauche.

Les pas se rapprochaient. Puis, une voix d'homme se fit entendre :

— Ouf ! J'ai les jambes coupées.

Un éclat de rire très féminin, résonna aussitôt. Puis une voix de femme, agréable, pimentée d'un accent nordique prononcé, répliqua :

— C'est la faute à qui ? À moi peut-être ? Osez dire ça et je boxe.

— Chut ! fit l'homme énergiquement.

Hubert jura entre ses dents. Il n'avait pas prévu que Rennotte pourrait ne pas rentrer seul. Maintenant, il n'avait plus le temps de cacher le cadavre resté au milieu de la pièce, là où il était tombé. Une clé s'engageait déjà dans la serrure. Juste le temps de se cacher soi-même…

En deux secondes, Hubert passa dans la chambre voisine et marcha vers la penderie, fermée par des rideaux derrière lesquels il se dissimula. La porte du palier s'ouvrait, la lumière jaillit, la femme cria.

— Nom de Dieu ! s'exclama Rennotte. Qu'est-ce que c'est que ça ?

Brigitta, les yeux dilatés par l'émotion, cessa de se mordre les doigts pour répliquer :

— C'est un mort, je crois.

— Ne bougez pas, ordonna Rennotte.

Il s'approcha prudemment du corps et le fit basculer d'une poussée du pied sur l'épaule.

— Ça, alors !

— Vous connaissez lui ? questionna la jeune femme.

— Oui, répliqua-t-il. Il est venu me voir ce matin à bord du bateau. Il se disait journaliste et prétendait s'appeler Alberto Tabossi…

— Pourquoi vous dites ça comme ça… Ce était pas vrai ?

— Non.

Brigitta posa son sac sur un siège, approcha et regarda le visage du mort. Elle devint pâle et prononça quelques mots, probablement dans sa langue maternelle car Rennotte ne les comprit pas.

— Quelle histoire ! gémit-il, complètement accablé.

Il ajouta, un instant plus tard en se passant la main dans les cheveux :

— Il va falloir que je prévienne la gendarmerie.

— Non, protesta la jeune femme. Il faut pas faire. Je veux pas que le police vous mettre dans le prison.

— Ce n'est pas moi qui l'ai tué.

— Je sais, mais le police sait pas. Ils chercheront pas ailleurs.

— Mais vous pourrez témoigner que nous étions ensemble depuis ce matin et que nous l'avons trouvé en rentrant.

— Je peux. Mais le police est pas obligé de me croire. Elle mettra moi dans le prison avec vous… et sûrement pas dans le même chambre.

Rennotte ne disait plus rien, mais ses pensées n'étaient pas roses. Brigitta Ringborg reprit, après un long soupir :

— Vous savez bien, dans votre pays les juges condamnent sans beaucoup de preuves. La conviction suffit. Vous pouvez toujours crier l'innocence, si eux pas vous croire, clac pour la brigantine.

— La guillotine, rectifia Rennotte en frissonnant.

— C'est la même chose, affirma superbement Brigitta. Maintenant vous faites quoi vous voulez. Si je dois aller dans le prison avec vous eh bien, je vais.

— Vous êtes gentille, apprécia Rennotte tout ému.

Brigitta lui lança un étrange regard, légèrement méprisant.

— Mais je pense on peut éviter ça, enchaîna-t-elle.

— Je ne vois pas comment…

— Moi, je vois. La nuit, on jette le corps dans la mer de la terrasse à côté. Personne peut prouver ensuite il était ici.

Rennotte imagina le cadavre s'écrasant au terme d'une chute de soixante mètres sur les rochers battus par les vagues. Un frisson glacé lui parcourut l'échine, mais il dut se rendre à l'évidence.

— Vous avez sûrement raison. Mais, ce n'est même pas la peine de le sortir d'ici. La fenêtre de la cuisine donne sur la mer et elle est presque à l'angle du mur sur la terrasse. En… En le poussant un peu de côté, personne n'y verra de différence. Surtout que les vagues laveront les traces sur les rochers et qu'elles déplaceront sûrement le corps avant qu'il ne soit retrouvé.

Il eut l'impression qu'elle allait battre des mains. Il lui saisit le bras.

— Écoutez-moi, Brigitta. Je ne veux pas que vous soyez mêlée à cela. Vous allez partir maintenant et m'attendre sur le bateau. Je vous y rejoindrai dans une demi-heure. D'accord ?

— Vous êtes chou, dit-elle. Je dois avouer que je n'aime pas jeter les morts par les fenêtres.

Il fit une grimace, pensant qu'il n'aimait pas cela non plus et que, en vérité, peu de gens devaient aimer cela. Il poussa la jeune femme vers la porte, l'embrassa rapidement sur le palier, s'enferma et s'adossa au battant, pâle, baigné de sueur, fasciné par ce cadavre dont la présence chez lui le plongeait dans un abîme de perplexité. Il avait seulement la certitude d'être pris maintenant dans un engrenage dont il aurait beaucoup de peine à se sortir avant de se trouver définitivement écrasé.

Il respira un grand coup, puis se détacha de la porte et marcha sans enthousiasme vers le corps. L'idée lui était venue qu'il ferait aussi bien de le fouiller afin de savoir à qui il avait affaire. Il s'agenouilla tout près, non sans répugnance. Un bruit insolite lui fit tourner la tête vers la porte de la chambre et il vit apparaître un grand type racé, brun, aux yeux clairs, vêtu d'un pantalon gris et d'un polo gris plus clair, chaussé de légers mocassins foncés à semelles souples.

— Je lui ai déjà fait les poches, indiqua tranquillement Hubert, il n'a aucun papier sur lui.

Stupéfait, Nicolas Rennotte se redressa maladroitement en prenant appui sur la table.

— Qui… Qui êtes-vous ? bafouilla-t-il.

— Un ami de la famille, répondit Hubert.

Qui précisa aussitôt :

— De la famille de William Roos, pas de celui-ci.

Rennotte nota qu'il n'était pas menaçant, plutôt amical.

— Comment êtes-vous entré ? demanda-t-il.

— Très simplement. Je venais vous voir à l'instant où ce gentleman sortait d'ici. Je l'ai pris pour vous et il m'a prié d'entrer et de l'attendre, car il avait une course à faire. Je me suis aperçu alors, grâce à ces photos (il les montra de la main), que je n'avais pas affaire à Nicolas Rennotte. J'ai voulu lui demander des explications et il a sorti son couteau en guise de réponse. Nous nous sommes battus. Je lui ai retourné le bras derrière la nuque. Nous sommes tombés malencontreusement sur la table et il s'est empalé lui-même le cervelet sur son couteau. Voilà. Je peux ajouter que cela s'est passé vers 17 h 30 et que je suis resté ici pour vous attendre. Mais, vous n'êtes pas arrivé seul et je me suis caché…

Il avait raconté cela comme il aurait raconté un fait divers sans importance et Rennotte, qui le trouvait sympathique, avait envie de le croire.

— Je vous ai entendu dire que vous le connaissiez ? reprit Hubert.

— Oui, répondit sourdement Rennotte. Il est venu me voir ce matin à bord. Il s'était présenté sous le nom d'Alberto Tabossi et se disait correspondant de *L'Aventure sous-marine* ; c'est un magazine spécialisé.

— Je connais. Et alors ?

— Alors, il m'avait paru bizarre et j'ai téléphoné ensuite à Paris, à la rédaction du magazine… Ils ne le connaissaient pas.

Hubert fit trois pas en avant, se rapprochant ainsi de son interlocuteur.

— Il vous a interrogé au sujet de la disparition de Roos ?

Rennotte regarda Hubert, hésitant à répondre…

*

Brigitta Ringborg s'éloignait sur les dalles de pierre usées qui pavaient la ruelle. Elle était arrivée derrière l'église lorsqu'elle s'aperçut qu'elle n'avait plus son sac. Elle s'immobilisa, essayant de se rappeler si elle l'avait laissé sur le bateau ou dans l'appartement de Rennotte. Elle se souvint de l'avoir ouvert en montant, pour y prendre une cigarette car elle n'aimait pas celles de Nicolas. Le sac était donc dans l'appartement. Elle avait dû le poser machinalement sur un siège, après la découverte du cadavre.

Elle fit demi-tour et revint rapidement sur ses pas. Troublé par le macabre travail qu'il devait accomplir, Nicolas ne prêterait sûrement aucune attention au sac et ce n'était pas le moment de laisser ce genre de chose derrière soi.

Elle croisa un jeune garçon qui lui proposa de l'accompagner et, sans répondre, pressa le pas dans la ruelle mal éclairée. Elle perdit du temps à trouver dans le couloir de l'immeuble le bouton de la minuterie et un chat dont la queue dressée lui frôla les jambes à la saignée du genou lui arracha un cri de frayeur. Elle put enfin éclairer l'escalier, vit le chat qui l'observait avec une expression mystérieuse, se baissa un instant pour le caresser, puis monta.

Elle attaquait le dernier étage lorsqu'elle entendit parler. Elle s'immobilisa une seconde, l'oreille tendue, puis se remit à monter, sur la pointe des pieds, essayant de ne pas faire de bruit. Son étonnement fut grand lorsque ses derniers doutes se trouvèrent balayés et qu'il lui devint évident que les voix provenaient bien de l'appartement de Nicolas Rennotte.

Elle approcha tout doucement et colla son oreille au battant.

*

— Écoutez, disait Hubert, jouons cartes sur table. Je sais que vous avez travaillé pour l'OSS pendant la guerre. J'en étais, moi aussi. Et je suis toujours dans le bain, comme William Roos. Vous avez compris ?

Méfiant, Rennotte répliqua :

— J'ai effectivement travaillé pour l'OSS pendant la guerre, comme tout le monde. Mais, c'est bien oublié maintenant, et je n'ai pas du tout l'intention de remettre ça. La lecture des romans d'espionnage me suffit.

— On ne choisit pas toujours, répliqua Hubert. Supposons que William Roos ait cherché quelque chose de précis lorsqu'il explorait en votre compagnie les grottes sous-marines qui truffent cette partie de la côte… Supposons qu'il ait trouvé ce qu'il cherchait et que sa disparition ait un rapport avec cette découverte… Supposons que les responsables de cette disparition aient appris que vous accompagniez toujours Roos dans ses plongées… Supposons qu'ils soient persuadés que vous êtes informé non seulement de ce que Roos cherchait, mais aussi de ce qu'il a pu trouver… Supposons que ce mystérieux Alberto Tabossi fasse partie de ces gens-là ; qu'il ait reçu l'ordre de vous interroger, ensuite de fouiller votre appartement… M. Tabossi étant mort et ne pouvant plus rendre compte de sa mission, que va-t-il se passer maintenant, selon vous ?

Rennotte transpirait et il respirait mal.

— Je ne comprends rien à ce que vous racontez, assura-t-il. Roos aimait visiter les grottes sous-marines, c'est vrai, mais il y en a d'autres. Et le jour de sa disparition, nous n'avons pas visité de grotte. Il a disparu en pleine mer.

Un sourire patient relevant légèrement les coins de sa bouche aux lèvres pleines et sensuelles, Hubert reprit :

— Vous avez dû vous rendre compte que Roos n'était pas un novice en matière de plongée. Pour ne rien vous cacher, il avait suivi tout récemment l'entraînement des nageurs de combat de la marine américaine. S'il avait disparu au cours d'une plongée à très grande profondeur, je pourrais peut-être croire à l'accident. Mais les fonds, à l'endroit que vous avez indiqué, sont loin d'être suffisants pour mettre un plongeur de cette classe en difficulté.

Rennotte déglutit péniblement. Il essayait de faire bonne contenance, mais c'était la première fois qu'il subissait un interrogatoire de cette sorte. Les gendarmes n'avaient pas mis sa parole en doute et ils avaient accepté son histoire sans discuter. Cet homme, par contre, possédait des informations qui lui interdisaient de croire à l'accident banal et Rennotte n'entrevoyait aucun moyen de le convaincre.

— Nous sommes toujours à la merci d'une syncope, hasarda-t-il.

— Roos était en excellente santé, très entraîné physiquement.

Rennotte leva les bras en les écartant de son corps pour exprimer son impuissance.

— Que voulez-vous que je vous dise ?

— La vérité, tout simplement. Je suis persuadé que ce jour-là, vous avez exploré des grottes comme d'habitude et que vous avez trouvé quelque chose. Je veux savoir quoi et dans quelle grotte, et dans quelles circonstances Roos a disparu. Je vous donne ma parole que le secret sera bien gardé.

Rennotte soupira.

— Je vous répète que je ne comprends rien à vos histoires. Mais, admettons qu'il y ait un secret…

Il s'interrompit pour déglutir. Hubert entrevit la brèche et fit un effort pour dissimuler son plaisir.

— Je suis français, enchaîna Rennotte, et nous sommes sur un territoire français. Il ne serait pas question pour moi de vous donner le moindre renseignement susceptible de concerner la sécurité de mon pays.

Il y eut un silence. Hubert fit remarquer :

— Vous avez pourtant travaillé pour des services américains.

— C'était pendant la guerre et ces services s'employaient à la libération de mon pays occupé. Il s'est trouvé aussi qu'ils m'avaient contacté les premiers, alors que je n'avais pu joindre aucun réseau français.

— Les États-Unis et la France sont toujours alliés, rappela Hubert, et la puissance des États-Unis est toujours garante de la liberté de la France.

— Ce n'est pas la même chose. Je vous donnerais volontiers des renseignements sur un adversaire de nos deux pays, mais…

Hubert l'interrompit.

— Je puis vous affirmer que je ne vous demande rien qui soit contraire aux intérêts de la France. Je suis moi-même de lointaine origine française et toujours très lié sentimentalement au pays de mes ancêtres.

— Je ne suis pas obligé de vous croire.

— Bien sûr, admit Hubert. Mais je ne suis pas seul à m'occuper de cette affaire…

D'un mouvement de tête, il montra le cadavre.

— Les événements peuvent se précipiter et vous risquez de mourir pour rien si vous hésitez encore longtemps.

— Je n'ai pas l'intention de mourir.

Hubert eut un sourire cruel.

— J'ai l'impression que vous n'êtes plus absolument le maître de votre destin.

Rennotte commençait à le croire, mais il croyait aussi que sa vie ou sa mort dépendraient de ce qu'il dirait ou non.

— Vous perdez votre temps, assura-t-il. William est mort… Je veux dire qu'il a disparu… que j'ignore la manière dont il a disparu.

— Eh bien, remarqua Hubert, c'était laborieux.

— Laissez-moi tranquille, reprit Rennotte avec un tremblement dans la voix. Allez-vous-en.

— Parfait. Puisque c'est comme ça je vais aller avertir la police.

— La police ?

— Bien sûr. Il y a un homme mort ici, visiblement assassiné d'un coup de poignard dans le cervelet. C'est bien le genre de chose qui intéresse la police, non ?

Rennotte essayait de comprendre.

— Mais, vous m'avez dit vous-même que c'était vous… enfin qu'il s'était tué en se battant avec vous.

— Je ne suis pas obligé de raconter la même chose à la police.

Il y eut un silence.

— Où voulez-vous en venir ? demanda Rennotte.

— À ce que vous me disiez comment et pourquoi Roos est mort.

— Encore ?

— Je suis du genre obstiné. Si vous ne me le dites pas très vite, vous risquez fort d'emporter votre secret dans la tombe, vous le savez bien.

Rennotte fit quelques pas vers la fenêtre, s'éloignant du cadavre en contournant la table et alluma une cigarette. Ses mains tremblaient.

— Si je détenais un secret comme vous le supposez, reprit-il, je ne parlerais qu'en présence d'un représentant des services de renseignement de mon pays et seulement avec son autorisation. N'insistez pas, c'est mon dernier mot.

— O.K., fit Hubert. Je crois pouvoir arranger ça. Je vous ferai signe, demain matin peut-être...

— Vous me trouverez ici ou au bateau. Si je sortais en mer, vous me retrouverez sûrement entre le goulet et le cap Pertusato...

— Voulez-vous que je vous aide à flanquer ça par la fenêtre ?

Rennotte secoua négativement la tête.

— Je m'en sortirai bien tout seul. Merci.

— Alors, je file, décida Hubert. À bientôt.

Il fit un signe de la main et marcha vers la porte. Comme il ouvrait celle-ci, il entendit quelqu'un gravir les dernières marches et vit apparaître une très jolie fille blonde et mince, admirablement fabriquée. Il la salua. Elle répondit d'un signe de tête et entra dans l'appartement, refermant aussitôt la porte. Il l'entendit qui disait à Rennotte :

— J'ai oublié mon sac... Qui est ce type ?

Et il reconnut l'accent de la femme qui accompagnait Rennotte lorsque celui-ci était entré chez lui, découvrant le cadavre. Hubert descendit et appuya au passage sur le bouton de la minuterie du premier étage, craignant que la lumière ne s'éteignît avant qu'il fût dans la rue. Il était maintenant certain que Rennotte savait quelque chose, mais tout aussi certain que le moniteur de plongée ne parlerait qu'en présence et avec l'assentiment d'un représentant des services français.

Il ne restait plus à Hubert qu'à téléphoner au chef du service-action du SDECE, à Paris. Tant pis si Washington rouspétait. Après tout, l'affaire se situait en France.

*

Brigitta Ringborg ouvrit son sac, y prit une cigarette qu'elle alluma puis retourna sans bruit vers la porte qu'elle ouvrit brusquement. Elle fit trois pas sur le palier, se pencha sur la cage de l'escalier encore éclairé, écouta, puis revint et referma.

– Il est bien parti, dit-elle.

Elle vint tout près de Rennotte, posa son sac sur la table et se serra contre son amant.

– J'ai entendu, reprit-elle.

Inquiet, Rennotte demanda :

– Quoi ?

– Tout. J'étais remontée tout de suite et j'ai entendu parler. J'ai écouté aux portes.

Rennotte resta silencieux, ne sachant plus que dire. Il ne lui manquait plus que cela. La jeune femme, curieuse comme toutes ses semblables, allait-elle aussi le harceler de questions ?

– Qui était Roos ? questionna-t-elle.

Il soupira.

– Tu n'as pas lu les journaux ?

– Jamais je lis les journaux, sauf les journaux de la mode.

— C'était un client. Il a disparu au cours d'une plongée.

— Avec toi ?

— Oui.

Il comprit ce qu'elle pensait et précisa.

— C'était un plongeur expérimenté et je n'avais pas à le surveiller. Il me louait simplement le bateau et le matériel.

— Je vois… Tu savais que il était un espion ?

— Mais non, je n'en savais rien. Je ne comprends rien à toute cette histoire.

— J'ai entendu cela tu disais à ce type. Il va croire que tu sais des choses.

— Je voulais simplement m'en débarrasser, gagner du temps.

Il haussa les épaules. Elle demanda :

— Je peux t'aider ? Tu peux dire tout à moi, tu sais.

Il protesta, excédé :

— Mais, bon Dieu, je n'ai rien à dire. Il n'y a pas de secret.

Elle s'éloigna de lui, l'air pincé.

— Tu n'as pas confiance en moi. Je vois bien.

— Ne sois pas idiote. Va m'attendre au bateau. Je te rejoins aussitôt que possible…

— Peut-être…

Elle gagna la porte et sortit sans ajouter un mot. Elle avait encore oublié son sac. Il soupira, furieux. Il avait bien assez d'ennuis comme ça, sans que cette fille vienne encore lui compliquer l'existence. Qu'est-ce qu'elle se figurait ? Confiance en elle ? Pour quelle raison ? Le fait qu'ils aient couché ensemble n'excluait pas qu'il la connaissait depuis le matin seulement.

Il alla ouvrir la fenêtre de la cuisine et revint vers le cadavre…

6

Hubert allongea le bras et décrocha le téléphone qui venait de sonner.

— Paris, annonça la standardiste.

— Merci… Allô ?

Une autre voix de femme se fit entendre.

— Je vous écoute.

— Je voudrais parler au Pacha, dit Hubert.

— De la part de qui ?

— Hubert Bonisseur de la Bath.

— Un instant, s'il vous plaît.

Dix secondes passèrent. Hubert, craignant que la communication ne soit coupée, égrenait un chapelet ininterrompu de « allô » prononcés sur différents tons. Puis, ce fut la voix du Pacha, qu'il reconnut aussitôt :

— Comment ça va mon vieux ?

— Je vous appelle de Bonifacio, dit Hubert sans autre préambule. Je suis sur une affaire et j'ai décroché ce soir une commande pour votre maison. Il faudrait que vous m'envoyiez quelqu'un de toute urgence… J'aimerais bien Forestier, s'il est libre.

— C'est très gentil de penser à nous, répliqua le Pacha. Il s'agit d'une grosse commande ?

— J'en ai l'impression. Mais il faut faire vite car il y a de la concurrence sur la place.

— Forestier va partir. C'est entendu. Où peut-il vous rejoindre ?

— À l'hôtel du Roi d'Aragon.

— Parfait, mon vieux. Je fais le nécessaire. Et bien entendu, nous vous réserverons une commission si ça marche…

— Merci. À bientôt.

Hubert raccrocha, soulagé, et regarda sa montre. Il allait être 10 heures. Plus de trois heures et cinq essais infructueux avant d'atteindre le chef du service-action du SDECE, avec lequel il entretenait depuis longtemps des rapports d'amitié. Si Forestier, l'un des meilleurs collaborateurs du Pacha, pouvait utiliser l'un des avions du service, il pourrait être là de bonne heure dans la matinée du lendemain, sinon dans l'après-midi. C'était long et il pouvait se passer beaucoup de choses pendant la nuit, mais il n'y avait aucun moyen de faire autrement.

Hubert ouvrit sa valise, qu'il avait vidée en revenant de dîner, et en fit sauter le double fond. Il préleva parmi divers objets soigneusement calés, dans les alvéoles doublés de velours noir, une petite trousse qui ressemblait à une trousse à couture et qu'il enfouit dans une de ses poches. Il remit le double fond en place, referma la valise et quitta sa chambre. Il était vêtu d'un costume d'alpaga de laine grise sur un polo de soie noire et chaussé de mocassins noirs à semelles de caoutchouc souple.

Il avait plu dans la soirée, un orage violent mais très court, et des flaques d'eau restaient sur la chaussée luisante. Hubert contourna les cars des compagnies de tourisme rangés devant l'hôtel et partit à pied vers le tunnel débouchant sur la Marine.

Les lumières des hôtels et des cafés éclairaient le quai au-delà du tunnel. Deux soldats déambulaient tristement. Quelques consommateurs silencieux, installés à une terrasse, écoutaient Radio Monte-Carlo ; d'autres, à l'intérieur, jouaient aux cartes.

Plus loin, des commères entourées de gosses s'étaient attroupées devant un grand yacht blanc nouvellement amarré au quai, à bord duquel une demi-douzaine de gens allaient et venaient, suant cet ennui propre aux milliardaires et à leur entourage.

Hubert se rangea pour laisser passer un VéloSolex qui arrivait derrière lui. Il reconnut la jeune femme blonde qu'il avait croisée en sortant de chez Rennotte. Elle avait enfilé un imperméable mastic. Un sac de plage, bourré à craquer, était fixé sur le porte-bagages par des sangles de caoutchouc.

Elle s'arrêta trente mètres plus loin devant *La Ravageuse* dont les hublots de pont étaient éclairés à l'arrière et cala le vélomoteur contre une bitte d'amarrage. Hubert la vit prendre son sac et monter à bord. Il aurait bien aimé savoir qui était cette fille et depuis combien de temps Rennotte la fréquentait. Il pensait qu'elle avait dû connaître William Roos et il décida d'essayer dès le lendemain matin de la rencontrer pour l'interroger en dehors de Rennotte.

Pour l'instant, il avait autre chose à faire : visiter l'appartement que William Roos avait habité dans la ville haute…

*

Nicolas Rennotte regarda Brigitta Ringborg qui venait de s'asseoir sur l'avant-dernière marche de l'escalier, son sac posé entre ses pieds.

— Je te croyais disparue, dit-il.

Il était occupé à nettoyer le carburateur du compresseur d'air qui ne tournait plus très rond depuis quelques jours. Elle sourit. Sans répondre. Il reprit :

— Tu as trouvé un autre sac ?

— J'ai encore oublié le petit chez toi là-haut. Je le sais.

— Il est ici. Je l'ai apporté.

Il souffla dans le gicleur, le mit dans l'axe de la lampe et cligna de l'œil pour voir si la lumière passait.

— Si tu veux le prendre, il est dans le poste arrière.

Elle perdit son sourire.

— Tu es fâché, constata-t-elle.

Il haussa les épaules.

— Fâché ?… Pourquoi ?

— Pourquoi je n'étais pas là pour attendre quand tu es venu.

Il souffla de nouveau dans le gicleur, puis rétorqua :

— Tu fais ce qu'il te plaît, tu es libre.

— Je veux pas faire ça qui ne plaît pas, assura-t-elle avec une moue d'enfant boudeuse. J'avais une course à faire et l'orage est tombé. J'ai attendu.

— Il ne pleut plus depuis une heure, tu dois habiter loin.

— Du côté de Pertusato, répondit-elle, près du sémaphore…

Il tressaillit et lui redonna son attention.

— Je ne connais pas de maison habitable par-là…

— J'habite sous la tente, avec une amie. Je voulais lui dire pour pas s'inquiéter.

— Lui dire quoi ?

Elle se releva, tenant son sac de plage à bout de bras devant elle, l'air découragé.

— Rien, répliqua-t-elle d'un ton las. Je croyais des choses… Je vais prendre le petit sac et retourner. Je te souhaite la bonne nuit.

Elle pivota sur ses talons et remonta. Il hésita un long moment, puis jura entre ses dents, posa le gicleur sur l'établi, s'essuya les mains et regagna le poste de pilotage. Brigitta revenait déjà du poste avant, avec son sac à main oublié. Elle montrait un visage fermé et voulut contourner Rennotte en évitant de le regarder. Il l'arrêta et l'attira contre lui. Elle se tenait raide, hostile.

— Je suis un idiot, dit-il. Pardonne-moi. J'ai cru que tu ne reviendrais plus…

Elle se détendit un peu, l'examina en coin et questionna :

— Tu étais malheureux ?

Son orgueil d'homme le poussait à nier, bien que cela fût vrai. Mais il comprit qu'un aveu abrégerait sensiblement le temps de la réconciliation.

— Oui, murmura-t-il.

Elle laissa tomber ses deux sacs, noua ses bras autour du cou de son amant et s'exclama :

— Oh ! le pauvre Nicky mâlheureux !… Dis-le encore. Tu étais mâlheureux ?

— Il ne faut pas dire mâlheureux, répliqua-t-il en imitant son accent. Cela ne veut pas dire la même chose.

— Ça veut dire quoi ?

— Tu le verras tout à l'heure, promit-il.

Elle lui offrit sa bouche et il la prit avec tant de force que leurs dents se heurtèrent…

*

Hubert Bonisseur de la Bath atteignit le sommet de la rampe pavée coupée de degrés qui rejoint la route au col de Saint-Roch et qui est peut-être l'endroit le mieux éclairé de la ville. Il traversa le virage en épingle à cheveux ; puis l'aire de stationnement, et s'accouda au parapet. L'orage qui était passé traînait encore derrière lui un vent assez violent et la mer grondait et rugissait sur les rochers tout en bas. Hubert observa un instant le clignotement des feux éparpillés dans les bouches de Bonifacio jusqu'à la Sardaigne. Puis, il se retourna.

De l'autre côté du goulet, mal éclairées, les falaises de craie donnaient l'illusion de nuages traînant au ras du sol. Plus près, les maisons de la ville basse paraissaient se rassembler autour de Saint-Érasme pour monter ensuite à l'assaut de la rampe pavée qu'elles bordaient jusqu'à mi-hauteur, comme un escalier de géants aux marches inégales. À gauche, les fortifications, la Vieille Porte, et la route, disparaissant à l'angle du bassin nord-est vers la Porte Neuve.

L'endroit était parfaitement désert. Hubert repartit et continua de monter en suivant la route. De l'autre côté du pont-levis, l'entrée de la Vieille Porte formait un trou noir, sans la moindre lueur. Hubert savait qu'il aurait pu gagner beaucoup de temps en passant par-là, mais il avait peur de se perdre dans les ruelles obscures et préférait suivre les chemins déjà battus.

Il croisa un jeune couple qui descendait à grands pas, bras dessus, bras dessous. À la hauteur du monument aux Morts, il jeta un coup d'œil à droite, par-dessus la rampe pavée, et son attention fut attirée par la partie supérieure d'une automobile qui se déplaçait très lentement en montant de l'autre côté du parapet bordant la branche opposée de la courbe décrite par la route.

Il n'y accorda guère d'importance, mais sa méfiance naturelle se trouva éveillée. La route virait à gauche autour du bastion d'angle et la voiture fut bientôt hors de sa vue, cependant qu'il se trouvait soudain à l'abri du vent.

Il entendit le bruit du moteur trente secondes plus tard et se retourna. C'était une Aronde de couleur sombre, qui roulait en seconde, à vitesse modérée, tous feux éteints.

À moins de cinquante mètres, les lanternes s'allumèrent. Le conducteur accéléra brièvement et fit passer la boîte de vitesses sur un rapport supérieur. Hubert en fut soulagé, ses muscles se relâchèrent. Il vit deux hommes dans la voiture, deux hommes qui bavardaient avec animation et qui ne parurent même pas le voir. Un instant plus tard, l'Aronde franchit la Porte Neuve et disparut aussitôt.

Quelques voitures étaient garées sur le terre-plein contre le mur d'enceinte. Hubert regretta de n'avoir pas pris la sienne. Il n'avait pas pensé que Bonifacio la nuit pût être aussi dépeuplé. Un piéton isolé sur une chaussée déserte attire davantage l'attention qu'un véhicule, la retient plus longtemps et est de toute façon beaucoup plus vulnérable.

Il passa sous la voûte de la Porte Neuve et tourna aussitôt à gauche pour remonter la rue Scamaroni, mal éclairée par d'anémiques réverbères. Des chiens et des chats se chamaillaient autour d'une poubelle. Un peu plus haut, au fond de la salle d'un café encore ouvert, quatre hommes âgés jouaient aux cartes sous le regard vaguement intéressé d'une matrone vêtue de noir.

L'Aronde était arrêtée sur l'étroite place Montepagano, à côté d'une camionnette 203. Elle était vide. Hubert prit encore à gauche la rue puante. Des lumières jaunes filtraient, découpées en tranches, à travers les persiennes fermées sur les façades noires. Des postes de radio diffusaient la voix de Tino Rossi que surmontaient soudain les cris d'une femme énervée ou les pleurs d'un enfant.

Hubert glissa sur un déchet de légume oublié sur une dalle humide et grasse et faillit tomber. Dans le même temps, il avait cru voir une ombre bouger vers l'église, mais il ne pouvait en être sûr. Il prit une fois de plus à gauche, descendit une ruelle en gradins, presque à tâtons, déboucha dans la rue Longue qu'il remonta vers la droite. Il se sentait mal à l'aise. Cette promenade dans ce décor moyenâgeux, aux rues désertes et ténébreuses, l'oppressait. Il avait aussi depuis peu l'impression d'être observé.

Il se glissa brusquement dans une entrée d'immeuble, noire comme un four, et montra quelques marches d'un escalier qui partait presque du trottoir. Immobile, certainement invisible de la rue, il attendit. Les secondes s'écoulaient avec lenteur. Quelqu'un remua une chaise dans l'appartement situé au-dessus, puis fit quelques pas. Hubert ne put s'empêcher de tourner la tête vers le sommet de l'escalier, craignant de voir s'ouvrir la porte. Lorsqu'il regarda de nouveau vers la rue, un homme passait en rasant le mur, sans aucun bruit.

Hubert ne le vit que deux secondes et dans une demi-obscurité, mais il put cependant noter que ce promeneur solitaire, aux allures furtives, était chauve. Il attendit, le temps de compter jusqu'à dix, puis descendit les marches qui craquèrent sous ses pas.

Il risqua un œil. La rue était de nouveau déserte. L'homme avait disparu. Hubert décida de patienter encore quelques minutes. Si l'inconnu l'avait suivi, il s'inquiéterait de l'avoir perdu, reviendrait probablement sur ses pas.

Le locataire de l'appartement au-dessus ne marchait plus, mais il toussait, à fendre l'âme. De l'autre côté de la rue, une porte s'ouvrit lentement, une jeune femme apparut, en chemise de nuit, les cheveux défaits. Elle se pencha, regarda vers le haut puis vers le bas de la rue, fit un signe par-dessus son épaule et s'effaça contre le chambranle. Un homme sortit de l'ombre. Ils s'étreignirent et s'embrassèrent avec passion, un court instant. Puis l'homme s'en alla rapidement par en bas et la femme referma la porte.

Hubert remonta deux marches. Quelque vingt secondes plus tard, l'homme chauve repassa, presque courant. Hubert sourit et remercia par la pensée l'amant discret qui servait maintenant de leurre.

L'appartement qu'avait habité William Roos était situé en haut de la rue Longue, au premier étage, à quelques numéros de la maison Passano où fut logé le lieutenant-colonel Bonaparte en 1793. Hubert y parvint sans encombre et monta l'escalier en s'éclairant avec le mince faisceau lumineux de sa lampe stylo.

Comme il l'avait prévu, des scellés avaient été posés sur la porte. Il sortit la trousse qu'il avait apportée et l'ouvrit. Au moyen d'une lame de rasoir, il décolla proprement les cachets de cire sur le battant. Il prit ensuite un passe-partout et attaqua la serrure.

C'était une serrure d'un modèle ancien, sans complication, et il en vint facilement à bout. Il entra, referma. Devant lui, un couloir aux murs crépis de rose et encombrés de vieilles gravures sous-verres, qui toutes représentaient Napoléon à diverses époques et en différentes circonstances de sa vie. Sur un bahut ancien, au bois vermoulu, un buste en bronze de l'empereur sur un napperon de dentelles, un numéro récent de *Match*, un paquet de cigarettes entamé, une boîte d'allumettes, un cendrier contenant deux mégots. Accroché à une patère, près de la porte, un vieil imperméable passablement culotté, semblait avoir été accroché là l'instant d'avant.

Hubert avança. La première porte à droite ouvrait sur une cuisine mal équipée mais fraîchement repeinte. À gauche, une salle à manger avec un petit coin de salon. Plus loin, du même côté, une chambre. Rien de plus.

Hubert commença par tirer les rideaux devant les fenêtres de la salle à manger et de la chambre, afin qu'on ne pût voir de l'extérieur la lumière de sa lampe. Tout était resté, certainement, dans l'état où Ross l'avait laissé en partant pour sa dernière plongée. Les scellés n'avaient été posés que par mesure conservatoire, en attendant que la famille se manifeste, mais la police n'avait pas estimé utile de perquisitionner.

Hubert commença de fouiller, soigneusement, méthodiquement…

*

Nicolas Rennotte rêvait qu'il nageait au fond d'une grotte sous-marine. L'eau était d'une clarté exceptionnelle, mystérieuse éclairée par une lumière d'un vert irréel et changeant. Rennotte n'avait pas de scaphandre. Il était nu comme un ver et, à son grand étonnement, respirait aussi normalement que sur terre.

Il sentit soudain qu'une main le touchait à l'épaule et il se retourna vivement comme sous l'effet d'une brûlure. C'était William Roos, plus exactement le cadavre de William Roos, verdâtre, le visage à demi dévoré par les poissons. Rennotte se sentit glacé jusqu'aux os. Il voulut se dégager, mais il était paralysé, incapable de remuer même un petit doigt. Et il se rendit compte soudain que la bouche sans lèvres de Roos lui parlait. Il essayait de comprendre. Il avait la certitude que l'Américain lui expliquait ce qu'il avait vu en faisant surface dans cette grotte où il avait trouvé la mort, mais il ne le comprenait pas. Alors, le cadavre de William Roos s'énerva et sa main secoua brutalement Rennotte qui se réveilla en criant.

— Chut ! fit une voix tout près de son oreille.

Son cœur battait à se rompre. Il respirait difficilement et son corps était couvert de sueur. Il ouvrit les yeux. Tout était obscur. Il distingua néanmoins les taches plus claires des rideaux tirés devant les hublots.

— Ne fais pas de bruit, chuchotait la voix. Quelqu'un est dans le bateau.

Il reconnut la voix, puis l'odeur de Brigitta. Mais le sang battait bruyamment ses tempes et il ne réalisait pas encore.

— Qu'est-ce qui se passe ? demanda-t-il. Pourquoi me réveilles-tu ?

Il avait parlé sans précautions. Elle lui mit la main sur la bouche.

— Chut ! refit-elle. Je te dis : quelqu'un est sur le bateau.

Il comprit enfin et tendit l'oreille. Vainement.

— Tu as rêvé.

— Non je suis sûre.

Elle était debout entre les deux couchettes. Il se leva doucement, s'accrochant à elle. Ils étaient nus tous les deux. Il chercha son slip à tâtons, mit quelque temps à le trouver. Il entendit alors grincer une planche du pont. Il savait quelle planche grinçait ainsi, et qu'elle ne pouvait grincer que sous le poids d'un corps.

Il se dépêcha pour enfiler son slip, mais Brigitta le gênait et son orteil se coinça dans une couture. Il tomba sur la couchette, assis, se releva pour tirer le slip sur ses fesses.

— Allonge-toi, ordonna-t-il à Brigitta. Tu me gênes.

Le bateau bougea. Rennotte s'accroupit et prit dans le compartiment situé sous la tête de sa couchette un colt 38 à barillet qu'il avait « oublié » de restituer à la fin de la guerre.

Il se glissa entre les couchettes vers l'échelle, fit sauter le loquet de cuivre qui fermait la porte et monta, prêt à tirer. Personne. Mais, à travers les vitres du poste, il vit démarrer une camionnette qui avait stationné près de *La Ravageuse*. Il ne put en relever ni la marque ni le numéro.

Il alluma une lampe et vit que la porte conduisant au poste avant était ouverte. Il s'en approcha, actionna le commutateur encastré dans le chambranle et s'accroupit pour regarder. Il ne découvrit rien de suspect et descendit. L'atelier avait son aspect habituel. Rennotte regarda partout, perplexe. On ne lui avait rien volé.

Il allait remonter lorsqu'il découvrit soudain que non seulement on ne lui avait rien pris mais qu'on lui avait rapporté quelque chose : *l'équipement que portait William Roos au moment de sa mort.*

Il blêmit et frissonna. La voix de Brigitta, derrière lui, le fit sursauter.

— Tu crois j'ai rêvé ? demanda-t-elle.

Il se retourna. Elle était accroupie en haut de l'échelle et elle n'avait même pas pris la peine d'enfiler un slip.

— Sûrement, répliqua-t-il, la gorge sèche.

— Pourquoi tu es si pâle ? reprit-elle.

— Fiche-moi la paix.

Vexée, elle se redressa et s'en alla, agitant ses jolies fesses nues, haut placées, comme un métronome. Mais le spectacle laissa Rennotte indifférent. Il cherchait à comprendre pourquoi les assassins de William Roos avaient rapporté le matériel. Ce n'était certainement pas un souci d'honnêteté qui leur avait dicté ce geste. Alors, un avertissement ?

Ils tenaient peut-être à ce qu'il fût bien persuadé qu'ils l'avaient identifié et que sa propre existence ne dépendait plus que de sa discrétion…

*

Hubert Bonisseur de la Bath rangea son briquet, qui venait de lui servir à recoller sur la porte les cachets de cire des scellés, puis descendit l'escalier. Une recherche minutieuse qui avait duré plus de trois heures ne lui avait rapporté qu'un petit carnet, d'ailleurs trouvé dès les premières minutes. Sur ce carnet à couverture rouge, William Roos avait tenu le journal de ses plongées, faites en compagnie de Rennotte. La dernière page, noircie la veille de sa disparition, indiquait la situation d'une grotte sous-marine découverte le jour même, avec ces indications : *un entonnoir dans le fond semble conduire à des prolongements. Trop tard pour continuer. Reprendrons demain.*

C'était clair et net et Nicolas Rennotte serait bien obligé de s'expliquer sur un point aussi précis.

Hubert examina discrètement les alentours avant de sortir dans la rue. Il était un peu plus d'une heure du matin et il n'y avait plus de lumières aux fenêtres, plus un chat dehors. La vieille ville dormait.

Hubert remonta la rue Longue jusqu'à la plage Grandval, encombrée d'épaves diverses, parmi lesquelles la carcasse privée de roues d'une torpédo C4 Citroën qui devait faire la joie des enfants dans la journée et qui, dans la nuit, prenait des allures inquiétantes.

Des nuées d'orage couraient encore dans le ciel sans lune et le vent sifflait dans les créneaux de l'enceinte fortifiée. Hubert passa sous la voûte obscure de la Vieille Porte et s'engagea sur le pont-levis.

Il aperçut alors une voiture qui descendait lentement sur la route, venant de la Porte Neuve. C'était une Aronde de couleur sombre et il la reconnut aussitôt. Il voulut battre en retraite vers l'obscurité de la voûte ; mais il avait à peine fait quelques pas qu'il vit une silhouette avancer tranquillement dans sa direction à travers la place.

Il n'était pas armé et les autres l'étaient presque sûrement. En moins d'une seconde, Hubert jugea la situation, estima qu'il ne devait à aucun prix se laisser prendre en sandwich, pivota de nouveau sur ses talons et fonça.

L'Aronde accéléra brutalement derrière lui et il entendit le rugissement du moteur au-dessus de la plainte du vent. Il poussa un sprint éperdu vers le terre-plein extérieur au virage. Il sentit au dernier moment que la voiture allait l'écraser contre le parapet et fit un bond de côté absolument désespéré. L'aile droite le frôla. Puis, il y eut un choc, un bruit de tôle enfoncée, un cri de fureur. Hubert tomba dans le gravier en souplesse, se releva immédiatement et franchit d'un bond le parapet. Un claquement sec, une balle siffla au-dessus de sa tête alors qu'il retombait de l'autre côté.

Le terrain était abrupt et fort accidenté. Entraîné par son élan, Hubert dut se laisser aller pour ne pas se tordre les chevilles. Il étendit les bras en croix pour amortir sa chute et déroba sa tête. Il glissa ainsi sur le dos pendant quelques mètres et s'arrêta sur un étroit sentier.

Au-dessus, des portières s'ouvraient et deux hommes s'invectivaient. Hubert se remit sur ses pieds, accroupi, chercha un abri, le trouva sous la forme d'un gros rocher accroché à mi-pente et dégringola jusque-là. Un nouveau coup de feu salua son arrivée. La balle ricocha sur la roche et se perdit dans la mer qui menait grand tapage quarante mètres plus bas.

Hubert respira un grand coup, puis regarda vers le haut. Il avait l'avantage de se trouver dans une zone d'obscurité alors que ses adversaires lui apparaissaient en pleine lumière. Mais, comme il n'était pas armé, l'avantage n'était que relatif.

Ils étaient trois, dont les bustes émergeaient au-dessus du parapet. Ils se déplacèrent vers le passage ouvert dans le mur d'où partait l'étroit sentier qui avait arrêté la chute d'Hubert. L'un d'eux se mit à descendre, l'arme au poing, laissant les deux autres en couverture.

Hubert pensa que les minutes qui allaient suivre risquaient fort d'être désagréables, pour lui ou pour les autres. Il cherchait une position de repli. Un gros bloc de craie, dix mètres plus bas, retint son attention. Il descendit à reculons, collé au sol et se confondant avec lui. Il était en sueur et le vent le glaçait. Il craignait à tout moment de perdre l'équilibre et de rouler jusqu'en bas où il se fracasserait sur les rochers battus par les vagues.

Il atteignit son nouveau refuge sans que ses adversaires se fussent même rendu compte qu'il s'était déplacé. Visiblement, celui qui continuait de descendre à pas comptés le croyait toujours au même endroit.

Hubert ramassa une pierre de la grosseur d'une orange et l'assura dans sa main droite.

Il comprenait maintenant ce qui s'était passé. Pour une raison quelconque, l'adversaire n'avait pas visité l'appartement de William Roos, mais ils avaient pensé que quelqu'un d'autre le ferait et qu'il suffirait de l'attendre à la sortie pour lui prendre ce qu'il aurait trouvé, s'il trouvait quelque chose.

Hubert sortit de sa poche le petit carnet rouge, le glissa sous le rocher et poussa de la terre dessus. Avec la pierre qu'il tenait à la main, il fit une marque dans la roche tendre.

L'homme passait maintenant au-dessus du rocher derrière lequel il avait vu disparaître Hubert. Ses intentions devenaient claires. Il voulait le prendre à revers et ne lui laisser d'autre issue que la mer ou la mort.

Hubert, empêché d'agir, réfléchissait. Et un fait qui lui était sorti de l'esprit lui revint soudain : il avait été filé pendant qu'il se rendait chez Roos et cela signifiait que l'adversaire l'avait identifié avant et qu'il n'avait pas seulement attendu qu'un quelconque quidam vînt mettre son nez dans les affaires de l'Américain.

L'homme quitta le sentier, amorçant une descente directe à cinq ou six mètres au-delà du rocher. Il savait maintenant que celui qu'ils traquaient n'était pas armé et que le risque était nul. Lorsqu'il fut assez bas, il alluma brusquement une lampe torche, éclairant le premier refuge d'Hubert, prêt à tirer. Son étonnement fut grand de trouver la place vide. Il resta figé, puis promena le faisceau de sa lampe le long de la pente. Les autres s'inquiétèrent. L'un d'eux cria :

— Tu ne le vois plus ?

Hubert nota l'accent bizarre, déformé par les bruits conjugués du ressac et du vent. L'autre répondit, sur le même ton, quelque chose que Hubert ne put comprendre. Puis, il se remit à descendre, se retenant de la main gauche aux arbustes et aux aspérités. De temps à autre, son pied glissait et il jurait en se rattrapant.

Hubert le suivait du regard avec une grande attention. Il avait repéré un endroit particulièrement escarpé et il attendait patiemment que l'autre y fût. Frapper, mais ne frapper qu'à coup sûr.

Les deux qui étaient restés en haut s'impatientèrent et franchirent l'ouverture dans le parapet. Hubert se prépara. Il respirait lentement, méthodiquement, bien à fond.

L'homme arriva enfin au point choisi. En porte à faux, mal accroché de sa main gauche, déjà encombrée de sa lampe, aux ramures d'un maigre arbuste, il se redressa un peu pour souffler. Juste ce qu'il fallait.

Hubert lança la pierre, avec toute la force et la précision dont il était capable. L'homme l'aperçut à ce moment précis, mais sa position lui interdisait toute esquive. Il reçut la pierre en pleine poitrine. Hubert entendit nettement le choc, lâcha tout et tomba en arrière. L'homme roula, cul par-dessus tête, rebondit sur une grosse roche en forme de dôme, et continua de plus en plus vite pour aller finalement s'écraser tout en bas sur les blocs chaotiques de la falaise et que battait furieusement la mer.

« Un de chute », se dit Hubert qui avait autrefois pratiqué le bridge.

Mais un coup de feu, suivi de l'écrasement de la balle dans la pierre tendre à cinquante centimètres de la tête d'Hubert, rappelèrent à celui-ci que la partie n'était pas gagnée pour autant. Les deux qui restaient savaient maintenant où le trouver. Et il suffisait qu'ils descendent, chacun de son côté, comme les deux branches d'une tenaille pour avoir quelques chances de reprendre l'avantage.

Ils se concertaient, établissant sans doute un plan de bataille. Soudain, Hubert les vit se retourner, regarder vers la route, puis remonter et disparaître sur le terre-plein, de l'autre côté du parapet. Presque aussitôt, il y eut des cris, puis encore des coups de feu, mais de tonalité différente.

Hubert ne bougeait pas, ne sachant que penser. Quelques minutes s'écoulèrent, le calme était revenu. Puis, deux nouveaux venus se montrèrent dans l'ouverture du parapet, à l'entrée du sentier, en pleine lumière : deux gendarmes.

Ils allumèrent des torches. Deux longs pinceaux lumineux descendirent sur la pente abrupte, la balayèrent lentement, méthodiquement. Hubert se ramassa derrière le gros bloc qui le dissimulait. Le faisceau jaunâtre approcha, se tassa sur le rocher, s'étendit de nouveau.

Hubert balançait entre deux solutions. Il pouvait quitter son abri et dire aux gendarmes qu'il avait été attaqué par les bandits que ceux-ci venaient de mettre en fuite ; ce qui était la vérité. Il pouvait aussi ne pas se manifester et attendre que la route soit libre pour regagner son hôtel. La première solution n'offrait aucun danger, si ce n'était d'attirer l'attention de la gendarmerie sur lui, alors qu'il avait tout intérêt à demeurer incognito. La seconde pouvait être lourde de conséquences si les gendarmes le découvraient, car ils le croiraient complice des deux autres. Mais, s'ils ne poussaient pas leurs recherches plus avant, Hubert conserverait cet incognito auquel il tenait tant.

Il opta pour la seconde solution.

Un long moment plus tard, les gendarmes firent demi-tour. Hubert vit le toit de l'Aronde, au-dessus du parapet, reculer légèrement puis avancer et disparaître. Une accalmie du vent lui permit d'entendre le grondement d'un autre moteur.

Il attendit encore, frissonnant de froid. Il pouvait maintenant reconstituer sans peine ce qui s'était passé. Deux gendarmes en patrouille de nuit avaient vu en passant l'Aronde emboutie sur le parapet. Ils s'étaient arrêtés. Les agresseurs d'Hubert avaient dû se sauver par le chemin muletier qui conduit au phare de Pertusato. Les gendarmes leur avaient fait les sommations réglementaires, puis leur avaient tiré dessus mais sans pouvoir les arrêter. Ils avaient renoncé à les poursuivre dans l'obscurité sur un sentier plein d'embûches et l'un d'eux avait maintenant pris le volant de l'Aronde abandonnée pour la conduire jusqu'à la gendarmerie aux fins d'examen.

Hubert bougea enfin et remonta vers le premier rocher qui l'avait abrité. Il récupéra le petit carnet qu'il avait enterré là, puis regagna la route et repartit à pied vers la ville basse.

Il était transi et sa hâte était grande d'arriver à l'hôtel afin de pouvoir se plonger dans un bain brûlant.

7

Hubert Bonisseur de la Bath ouvrit un œil. Comme tous les gens habitués à vivre dangereusement, il était capable de se réveiller, d'être lucide et prêt à l'action en quelques-secondes seulement.

On frappait à la porte. À la lueur du jour qui filtrait à travers les volets, Hubert reconnut le décor de la chambre d'hôtel. Il se leva, ramassa son slip sur la descente de lit, l'enfila et alla ouvrir la porte. Une femme de chambre lui tendit un télégramme.

– Merci, dit Hubert.

La jeune femme avait rougi, mais son regard qui ne se détournait pas, disait assez que le spectacle lui plaisait. Hubert lui sourit et repoussa la porte. Puis, il ouvrit le pli et lut : « ARRIVERAI CE SOIR 17 HEURES – JO. »

Jo, c'était Joseph Forestier, l'agent action du SDECE que lui envoyait le Pacha. Hubert fit la grimace. Il avait espéré que, malgré les précautions oratoires, le Pacha comprendrait combien l'intervention de son service était urgente et qu'il agirait en conséquence, en fournissant à Forestier un des avions spéciaux toujours à sa disposition.

Tant pis. Hubert n'avait pas pour habitude d'épuiser son énergie en vains regrets ou en vaines colères. Il savait faire contre mauvaise fortune bon cœur. Il vint regarder sa montre sur la table de chevet et constata qu'il était un peu plus de 10 heures. Il décrocha le téléphone et commanda un copieux breakfast. Puis, il ouvrit les volets. En bas, devant l'hôtel, un groupe de touristes allemands s'entassaient dans un autocar. De l'autre côté de la rue, un couple à la Dubout se disputait devant une vieille guimbarde, chacun accusant l'autre d'avoir égaré la clé de contact.

Le sol était encore humide, mais le soleil brillait dans un ciel bleu, dont quelques nuages blancs éparpillés à l'ouest ne parvenaient pas à troubler la sérénité.

Hubert passa dans la salle de bains. Il avait presque terminé lorsque le petit déjeuner arriva. Il mangea de bon appétit, puis reprit le carnet de William Roos qu'il avait déjà étudié la veille. La dernière page, seule, l'intéressait. William Roos avait situé par un croquis sommaire et quelques coordonnées la position de la grotte qu'ils avaient découverte ce jour-là et qu'ils se proposaient d'explorer plus à fond le lendemain. Les relevés, exécutés depuis la position à ce moment-là de *La Ravageuse*, indiquaient en degrés la direction de l'escalier du Roi d'Aragon, à l'ouest, de la pointe Saint-Antoine, au sud-est, et de l'accès de la grotte, vers le nord-est. Il s'agissait sûrement d'indications approximatives, mais elles devaient suffire néanmoins, au prix de quelques tâtonnements, à retrouver l'entrée du gouffre.

Hubert recopia le plan sur une feuille arrachée du carnet, mit cette feuille dans son portefeuille et le carnet dans une enveloppe qu'il ferma. Il s'habilla ensuite : chemise polo gris clair, pantalon gris foncé, mocassins. Onze heures sonnaient lorsqu'il descendit.

Il confia l'enveloppe contenant le carnet à la jeune femme qui se trouvait à la réception en demandant qu'on la mît dans le coffre. Puis il sortit et partit à pied en direction du port. Il craignait d'être surveillé et préférait ne pas montrer sa voiture tant qu'il n'en aurait pas vraiment besoin.

Il lui fallut moins de cinq minutes pour arriver devant *La Ravageuse*, après s'être frayé un passage dans un groupe de touristes qui attendaient d'embarquer pour la visite des grottes du Sdragonato et de Saint-Antoine.

La passerelle était sortie. Un VéloSolex était sur le pont, à l'arrière, appuyé au garde-fou. Hubert monta et marcha jusqu'à la porte du poste de pilotage.

— Y a quelqu'un ? cria-t-il.

La tête de Rennotte apparut à l'écran, en haut de l'escalier.

— Bonjour, dit Hubert. Je ne vous dérange pas ?

Le professeur de plongée fit une grimace éloquente, mais répliqua néanmoins :

— Entrez.

Il recula pour laisser Hubert descendre. Il était toujours occupé à réparer le compresseur d'air.

— Des ennuis mécaniques ? s'enquit Hubert.

— La routine, indiqua l'autre. Le matériel, ça doit s'entretenir.

— On peut parler ? demanda Hubert.

Rennotte regarda vers le poste de pilotage, puis fit déplacer Hubert pour fermer la porte.

— Vous pouvez y aller, dit-il en se retournant.

— Un agent des services spéciaux français arrive ce soir à 17 heures. Il vient de Paris sur ma demande.

Rennotte haussa les épaules et ricana brièvement.

— J'espère qu'il ne se sera pas dérangé pour des prunes.

Hubert le considéra un instant sans rien dire, puis un sourire cruel retroussa ses lèvres pleines.

— Ne craignez rien, assura-t-il.

Rennotte se troubla. Il s'essuya les mains avec une vieille serviette-éponge déjà noire de cambouis. Puis il essaya de bluffer.

— Je vous ai déjà dit que SI j'avais quelque chose à raconter, je ne le dirais qu'en présence d'un compatriote compétent. Mais, je n'ai jamais dit que j'avais RÉELLEMENT quelque chose à raconter.

Il sortit de sa poche un paquet de cigarettes et le tendit vers Hubert qui refusa d'un geste de la main.

— J'ai visité cette nuit l'appartement de William Roos, reprit Hubert. Saviez-vous qu'il tenait un journal de vos plongées en commun ?

Rennotte fronça les sourcils. Il prit une cigarette dans le paquet et l'alluma. Ses mains tremblaient légèrement.

— Et alors ? fit-il en rejetant la fumée.

— J'ai trouvé ce journal, qui s'arrête évidemment la veille de sa disparition. Il parle de la grotte que vous avez visitée ce jour-là et de votre intention, à tous les deux, d'en reprendre l'exploration le lendemain…

Hubert sortit son portefeuille, en tira le plan qu'il avait recopié et le mit sous le nez de Rennotte.

— C'est bien ça ?

Rennotte devint pâle et la peau de son crâne se tendit.

— Où voulez-vous que nous nous rencontrions ce soir, avec mon collègue français ? demanda Hubert.

Rennotte se gratta la nuque perplexe.

— Entre 17 h30 et 18 heures, précisa Hubert.

Rennotte réfléchissait. Peut-être cherchait-il encore une échappatoire. Il capitula.

— Si vous pouviez me rejoindre en mcr, suggéra-t-il. C'est encore là que nous serions le plus tranquille...

Il voulait dire : loin de toute oreille indiscrète, de toute intervention inopportune.

— Je n'ai pas de bateau, objecta Hubert.

— Vous pourriez en louer un. Je vous dirais où vous adresser...

Hubert pensa que, de toute façon, un bateau pourrait lui être d'une grande utilité dans un avenir immédiat.

— Tout à fait d'accord. Où serez-vous ?

Rennotte ôta la cigarette de sa bouche, tendit sa main libre vers le papier que tenait Hubert et répondit :

— À l'endroit où nous étions quand Roos à fait ce relevé. De toute façon, vous me trouverez facilement.

Hubert mit le papier dans sa poche.

— Vous serez seul ? s'inquiéta-t-il.

— Heu... Pas tout à fait ?

— Qui ?

— La jeune femme que vous avez croisée hier soir en sortant de chez moi.

— C'est votre amie ?

— Oui.

— Vous la connaissez depuis longtemps ?

Rennotte éluda la question.

— Elle restera dans le poste arrière et nous pourrons discuter ici ou sur le pont.

Hubert accepta d'un signe de tête.

— Soyez très prudent d'ici là, recommanda-t-il. Cette nuit, j'ai été attaqué en sortant de chez Roos et il s'en est fallu de peu que je n'y laisse ma peau...

Rennotte devint pâle.

— Attaqué ?... Par qui ?

— Je ne sais pas. Des gendarmes qui passaient les ont mis en fuite... Êtes-vous allé en ville, ce matin ?

— Juste traversé le quai pour acheter les journaux.
— A-t-on retrouvé votre visiteur d'hier au pied de la falaise ?
Je ne sais pas. Personne n'en parle.
Hubert aurait bien aimé savoir si l'on avait aussi retrouvé celui qu'il avait précipité lui-même, d'une pierre bien placée, au bas de la falaise. Rennotte marcha vers l'établi, arracha une feuille d'un bloc-notes, écrivit dessus une adresse.
— Pour le bateau, précisa-t-il en donnant la feuille à Hubert. Allez-y de ma part.
Hubert prit le papier.
— Soyez très prudent, insista-t-il. Ne vous baladez pas seul dans des endroits déserts.
Rennotte ouvrit la bouche, sur le point de raconter l'étrange visite que *La Ravageuse* avait reçue dans le courant de la nuit ; mais il se ravisa. Hubert pensait de son côté à lui proposer de rester près de lui toute la journée pour le protéger, mais il ne pouvait le faire, obligé d'attendre Forestier à l'hôtel vers 17 heures.
— Il ne peut rien m'arriver en plein jour, objecta Rennotte avec un sourire crispé.
— Je voudrais bien en être sûr, répliqua Hubert.
Il se tourna vers l'échelle.
— À ce soir. Entre 17 h 30 et 18 heures.
Il ouvrit la porte et regagna le poste de pilotage. De l'autre côté, dans le poste avant, Brigitta Ringborg le regardait. Il ne voyait d'elle que son buste et sa tête, un bien joli buste, simplement couvert d'un étroit soutien-gorge, une bien jolie tête.
— Bonjour, lança-t-il en souriant.
Elle ne lui répondit pas. Il se redressa, ayant pris pied dans le poste, et ne vit plus que la moitié inférieure de la jeune femme ; une taille d'une minceur extrême, des

hanches d'un galbe ravissant, un ventre plat souligné d'un étroit cache-sexe qui ne cachait rien d'autre, des jambes longues, fuselées, admirables.

Il quitta le bateau et, pendant les quelques minutes qui suivirent, l'image de deux grands yeux clairs braqués sur lui ne le quitta pas. Quel étrange regard...

Un regard de sphinx.

*

Nicolas Rennotte s'assura une dernière fois que l'ancre était bien accrochée, puis se retourna vers le poste de pilotage et fit un mouvement de ciseaux avec ses avant-bras levés. Brigitta Ringborg, qui tenait la barre, arrêta le moteur. Ils n'entendirent plus que les cris aigus des mouettes et le clapotis de l'eau contre la coque qui se mît à pivoter lentement autour de la chaîne d'ancre pour se mettre dans le vent qui soufflait sud-est.

Une brise tiède les caressait et poussait quelques nuages blancs qui se promenaient très haut dans le ciel d'un bleu profond. Rennotte observa la ligne des falaises qui se dressaient à trois cents mètres du bateau et son regard se fixa sur le point au-dessous duquel se trouvait l'accès de cette grotte où il était entré quelques jours plus tôt en compagnie de William Roos et d'où il était revenu seul. Sa gorge se serra et il se sentit de nouveau angoissé. Brigitta sortit du poste, son joli corps de bronze clair simplement vêtu d'un bikini de gabarit « timbre-poste ».

— Ça va comme ça ? demanda-t-elle.

Rennotte admit qu'elle voulait parler de l'ancrage du bateau et répondit que tout allait bien. Elle reprit :

— On y va ?

— Où ?

Elle montra la mer.

— Dedans. Vous me donnez la leçon.

Rennotte n'avait pas envie de plonger. Il n'avait envie de rien ; excepté, peut-être, de faire l'amour avec Brigitta. Car, faire l'amour avec Brigitta était la seule occupation susceptible de lui faire oublier ses ennuis, de chasser pour un temps les idées noires qui tournaient inlassablement dans son esprit.

— Tu ne préfères pas prendre un bain de soleil ? questionna-t-il.

Elle secoua la tête. Ses cheveux blonds très clairs voltigèrent.

— Je veux la leçon. Le bain de soleil, c'est après.

— Je n'ai guère envie de travailler, répliqua Rennotte.

Il la rejoignit, la prit dans ses bras, lui posa un baiser sur le bout du nez.

— Tu ne préfères pas faire l'amour ? proposa-t-il doucement.

Elle secoua de nouveau la tête et le repoussa.

— Tu ne penses qu'à ça, reprocha-t-elle. Je veux la leçon, puis l'amour si tu veux toi, et le bain de soleil. Ça va comme ça ?

— Ça va comme ça.

Ils rentraient dans le poste lorsque l'attention de Rennotte fut attirée par une barque de pêche qui passait à quelque distance avec deux hommes à bord. Il nota simplement le fait, sans plus. Le chronomètre du tableau de bord indiquait 14 h 35. Rennotte pensa que dans trois heures il devrait raconter le drame qui avait coûté la vie à William Roos.

— Ce n'est pas la peine de mettre les combinaisons, dit-il. Le fond est à trois mètres cinquante et l'eau n'est pas froide…

Il aida la jeune femme à choisir son équipement, prit le sien. Ils remontèrent sur le pont.

— Aujourd'hui, annonça Rennotte, nous allons faire un exercice assez difficile. Il s'agit de se défaire de tout l'équipement au fond de l'eau, de tout laisser là, de remonter sans rien puis de replonger et de remettre l'équipement complet, toujours au fond de l'eau.

Le doug-doug-doug d'un moteur marin le fit se retourner. La barque qu'il avait remarquée deux minutes plus tôt avait fait demi-tour et passait de nouveau à faible distance. Il éprouva une brusque inquiétude. Puis, il remarqua que les deux occupants étaient équipés pour la plongée et il en fut bizarrement rassuré.

— Quoi tu regardes ? demanda Brigitta.

— Rien.

Il se mit à lui expliquer dans quel ordre elle devrait se débarrasser, au fond, des accessoires de plongée et dans quel ordre elle devrait les remettre. Elle écoutait avec application et, lorsqu'il lui demanda de répéter, elle ne fit aucune erreur.

Ils furent bientôt prêts, essayèrent leurs bouteilles d'air comprimé. Rennotte sauta le premier, maintenant son masque d'une main. Brigitta le rejoignit quelques secondes plus tard. Elle fit un cercle avec son pouce et son index réunis, signifiant ainsi que tout allait bien.

Ils descendirent lentement vers une large clairière de sable qui formait une tache claire dans le tapis sombre des algues. Des poissons fuyaient autour d'eux, d'autres venaient observer ces intrus, un court instant, puis repartaient sur un brusque coup de reins.

Ils se posèrent sur le fond. Rennotte fit un signe à la jeune femme, lui intimant de bien le regarder et de faire exactement comme lui. Sans se hâter, usant de gestes précis, il se défit des palmes, du scaphandre monobouteille, conservant l'embout dans sa bouche afin de respirer, du masque et de la ceinture de plomb qu'il utilisa pour lester le tout. Brigitta l'imitait consciencieusement et il n'eut à aucun moment besoin de l'aider. Quand elle fut prête, il ferma l'arrivée d'air, lâcha la ceinture de plomb puis l'embout et donna un coup de pied sur le fond pour remonter. Brigitta suivit le mouvement.

Ils percèrent la surface à quelques mètres de *La Ravageuse*, du côté de la terre.

— Bravo, dit Rennotte. Vous êtes très douée. Maintenant, reposez-vous un peu et respirez bien. Il faut s'oxygéner avant de replonger.

Ils nagèrent sur place pendant un moment, puis Rennotte questionna :

— Ça va ?

— Ça va.

— Vous êtes toute pâle, remarqua-t-il.

Il semblait même qu'elle fît effort pour réprimer un claquement de dents.

— Non, non, ça va.

— Vous voulez remonter et mettre une combinaison ? Nous avons tout le temps.

Il n'était pas encore habitué à la tutoyer et quand il n'y pensait pas, le « vous » reprenait le dessus.

— Non, non, protesta-t-elle. Ce n'est pas le froid, c'est le nerveux. On peut aller quand tu veux.

— Alors, allons-y, décida-t-il. Et ce sera fini pour aujourd'hui. Je connais une méthode pour réchauffer les jolies filles qui ont froid, tu vas voir.

Elle fit une curieuse grimace, comme si le propos l'eût choquée.

– *Go !* fit-il en basculant.

Il nagea vigoureusement vers le fond, les poumons vidés. Brigitta le suivit. Ils retrouvèrent leur matériel sans difficulté. Rennotte mit aussitôt l'embout dans sa bouche et ouvrit le robinet d'air. Brigitta exécuta la même opération sans difficulté. Ils se « rhabillèrent » méthodiquement. L'eau chassée des masques, les ceintures de plomb et les scaphandres ajustés, il ne leur resta plus que les palmes à rechausser.

Rennotte, qui tournait le dos au bateau, ne vit pas déboucher soudain sous la coque deux plongeurs en combinaisons noires et armés de fusils. Brigitta, qui leur faisait pourtant face, n'eut aucune réaction.

Les deux plongeurs approchaient rapidement, armes braquées. Lorsqu'ils ne furent plus qu'à trois mètres, Brigitta Ringborg avertit enfin Rennotte par un geste du bras. Il se retourna, juste assez pour offrir sa poitrine sans défense. Une flèche chargée d'une pointe explosive lui transperça le cœur.

Il mourut sur le coup.

Les deux assassins adressèrent à Brigitta le signe du tout va bien. Elle termina maladroitement de remettre sa dernière palme et remonta sur la surface. Lorsqu'elle reprit pied sur le pont de *La Ravageuse*, elle était blême et un tremblement nerveux la secouait entièrement.

8

Lorsque le *dinghy* atteignit la sortie du goulet, Hubert donna un coup de volant à gauche, laissant la manette des gaz à mi-course. Le moteur, un hors-bord Evinrude électrique de 40 HP, ronronnait agréablement, poussant la coque de plastique sur la mer calme. Ils passèrent devant la grotte de Saint-Antoine, contournèrent le « gouvernail de la Corse ».

Assis près d'Hubert, sur la banquette avant, Jo Forestier réfléchissait. C'était un grand gaillard, massif et lourd, dont l'aspect pataud était aussi trompeur que la douceur de son regard. Ceinture noire de karaté, il était capable de se mouvoir soudain et de frapper avec la rapidité de la foudre. Hubert lui avait déjà tout raconté.

— C'est une drôle d'histoire, tout de même, dit-il soudain. Qu'est-ce que ces gars-là ont bien pu trouver dans cette foutue grotte ?

— J'espère que Rennotte va nous le dire, répliqua Hubert, et que ça nous évitera d'y aller.

Jo Forestier grimaça.

— De toute façon, mon vieux, ne comptez pas sur moi. Je n'ai jamais plongé de ma vie, tout au moins de cette façon-là.

Il parut un instant intéressé par l'escalier du Roi d'Aragon, taillé dans la falaise abrupte, puis par les maisons de la ville haute en surplomb sur la mer.

– Pendant que nous sommes seuls, reprit Hubert, je veux vous entretenir de la question des armes. Je suis venu les mains vides et si j'en juge d'après les événements de la nuit dernière, l'affaire promet d'être chaude.

Forestier se mit à rire. Ses larges épaules tressautèrent sous le polo bleu, un peu étroit, dont il était couvert.

– Ce serait bien le diable si on ne trouvait pas ça en Corse ! s'exclama-t-il. Entrez dans n'importe quelle maison et vous verrez des armes dans tous les coins. Tout le monde en a et personne ne les cache.

– Je sais, mais ils n'aiment sûrement pas les prêter.

Jo Forestier redevint sérieux.

– Blague à part, fit-il. On m'a donné un contact, ici, un type comme ça, paraît-il.

Il leva son pouce dressé, puis continua :

– Il nous fournira toutes les armes dont nous aurons besoin et les renseignements aussi. J'irai le voir tout à l'heure.

– Okay, dit Hubert.

Il tendit le bras dans l'axe de la route suivie par le *dinghy* et indiqua :

– Droit devant nous… ce bateau immobile, c'est sûrement *La Ravageuse*.

Forestier cligna des yeux, puis regarda de nouveau à gauche.

– C'est un chouette pays, remarqua-t-il. J'y viendrai peut-être passer mes vacances, l'année prochaine.

Et, sautant du coq à l'âne :

— Le Pacha m'a chargé de vous transmettre ses amitiés.

— Merci bien.

Ils approchaient rapidement et *La Ravageuse* grossissait à vue d'œil. Bientôt, ils purent constater que le pont était désert.

— Y'a personne, sur ce rafiot, lança Forestier.

Hubert ne répondit pas. Une soudaine angoisse s'était emparée de lui. Il accéléra. Le *dinghy* bondit en avant et la coque se mit à taper avec force. Hubert décrivit un cercle autour de *La Ravageuse* et réduisit les gaz en fonçant vers l'échelle de coupée. À ce moment, Brigitta Ringborg apparut sur le pont et les regarda aborder, sans bouger.

— Vingt dieux ! s'exclama Forestier. Quelle belle créature !

— Vous aurez tout le temps de l'admirer, promit Hubert. Aidez plutôt à la manœuvre.

Il coupa le contact à l'instant que Forestier, debout, saisissait un montant de l'échelle. Ils filèrent un cordage et amarrèrent le *dinghy*. Puis, Hubert en tête, ils montèrent à bord.

Brigitta Ringborg était toujours au même endroit, simplement vêtu de son bikini. Des larmes coulaient sur ses joues pâlies. Hubert la rejoignit.

— Rennotte est là ? questionna-t-il la gorge serrée par un affreux pressentiment.

Elle déglutit avec peine et répondit d'une voix éteinte :

— Il est disparu.

— Disparu ? s'étonna Hubert. Comment cela ?

Elle montra la mer d'un mouvement de tête.

— Il plonge vers trois heures et il remonte pas.

Hubert se sentit pâlir. Forestier était derrière lui, immobile, silencieux.

— Racontez, exigea Hubert.

— Nous sommes là vers deux heures... Il donne à moi la leçon... Vers trois heures il plonge tout seul... Le temps passe, le temps passe et il remonte pas. Je sais pas quoi faire.

— Il vous a dit avant de plonger, ce qu'il avait l'intention de faire ?

Elle secoua négativement la tête.

— Non. Il a dit comme ça il allait faire un petit tour.

— J'ai l'impression, dit Forestier, que nous sommes en retard d'un tour.

— Il avait des bouteilles d'air ? questionna Hubert.

— Un... Un seul.

Hubert ne connaissait pas l'autonomie des bouteilles utilisées par Rennotte, mais il était impossible qu'une seule pût lui permettre de rester près de trois heures sous l'eau.

— Ouais ! fit Forestier dont les pensées suivaient le même cours. Il doit être claqué depuis longtemps. Qu'est-ce qu'on fait ?

— Vous prenez un scaphandre et vous cherchez ? proposa Brigitta.

Hubert haussa les épaules.

— Autant chercher une aiguille dans une meule de foin. S'il avait eu un but précis et s'il vous l'avait indiqué...

— Il est peut-être tout près insista-t-elle.

— Un type comme Rennotte, répliqua Hubert, ça ne reste pas au fond sans raison grave.

Il regarda fixement la jeune femme.

— Vous n'avez vu aucun autre bateau traîner dans les parages, pendant que Rennotte était en plongée ?

Elle ouvrit de grands yeux étonnés.

— Traîner ? répéta-t-elle.

— Oui, naviguer, se promener.

— Non. J'ai vu des bateaux qui passaient…

Elle se retourna et montra le large, la Sardaigne à travers les bouches de Bonifacio.

— On ferait peut-être bien de chercher quand même, proposa Forestier. Avec un masque et un tube, je peux me balader en surface. On voit le fond…

— Allons-y tous les trois, décida Hubert. Montrez-nous où il rangeait son matériel… Au fait, comment vous appelez-vous ?

— Brigitta.

— Moi, c'est Hubert. Et lui, Jo.

Ils la suivirent à l'intérieur du bateau.

Une heure et demie plus tard, alors que le jour déclinait et que la clarté de l'eau devenait insuffisante, ils regagnèrent le bateau sans avoir rien trouvé. Ils étaient épuisés et transis. Brigitta s'enferma dans le poste arrière après leur avoir donné des serviettes pour se sécher et deux gros pulls de laine ayant appartenu à Rennotte.

— Il faut se dépêcher de rentrer avant la nuit, dit Hubert.

— Qu'est-ce qu'on fait ? On laisse ce rafiot ici et on embarque la môme ?

— Vous allez ramener le *dinghy*, proposa Hubert, et moi ce rafiot, comme vous l'appelez. On ne peut pas le laisser là. Si un orage se lève, il pourrait déraper sur son ancre et aller se casser sur les rochers.

— Et pour Rennotte ? On déclare sa disparition ?

Hubert soupira.

— Si on pouvait ne pas le faire, cela vaudrait mieux. Il faut penser qu'après on aura la gendarmerie dans nos pattes, sans arrêt. Et les méthodes de ces gens-là ne cadrent pas très bien avec les nôtres…

— Je sais, mais il y a la fille. Elle voudra sûrement prévenir elle-même les flics.

— Je vais essayer de la faire changer d'avis.

Ils enfilèrent les pulls et se sentirent tout de suite mieux. Hubert enchaîna.

— Dès que vous serez au port, allez voir votre contact. Prenez des armes et des munitions et demandez-lui s'il a entendu dire que l'on aurait découvert un ou deux cadavres en bas de la falaise, sous la vieille ville. Après quoi, revenez nous rejoindre sur *La Ravageuse*.

Ils remontèrent sur le pont. Forestier attendit que Hubert eût trouvé le moyen de mettre le moteur en route et de faire fonctionner le treuil pour remonter l'ancre. Après quoi, il descendit dans le *dinghy*, le détacha, actionna le démarreur et partit aussitôt. Le phare de la Madonetta venait de s'allumer.

Hubert, à la barre de *La Ravageuse*, donna des gaz au moteur dont les doug-doug-doug s'élevèrent de plusieurs tons. Le bateau bougea et se mit à tailler sa route dans la mer extraordinairement calme. Hubert amorça une large courbe pour mettre le cap sur l'entrée du goulet conduisant au port. Le *dinghy*, beaucoup plus rapide, était déjà loin.

Hubert entendit claquer le battant de la porte du poste arrière. Quelques secondes plus tard, sur la vitre qui formait miroir, il vit approcher la silhouette indistincte et floue de Brigitta Ringborg.

Elle vint s'appuyer au tableau, tout près de lui. Il lui jeta un rapide coup d'œil. Elle avait enfilé un gros pull de laine rouge et des blue-jeans, chaussé des ballerines blanches. Un foulard de soie rouge, du même ton que le pull, enserrait sa tête, les pointes croisées sous le menton puis nouées sur la nuque, comme le font les mannequins. Elle avait d'ailleurs l'allure, le chic et les gestes d'un mannequin professionnel.

— Qu'est-ce que vous faites, dans la vie ? questionna-t-il.

— Je pose pour des photos.

— À Paris ?

— Non, à Stockholm, chez moi.

Elle tira un paquet de cigarettes de la poche revolver de ses blue-jeans et le tendit vers Hubert.

— Merci, je ne fume pas.

Elle prit une cigarette, la mit entre ses lèvres non fardées et garda un moment le paquet entre ses mains.

— Longtemps que vous connaissez Rennotte ? demanda-t-il.

— Pas très…

— Vous étiez sa maîtresse ?

Elle remit le paquet de cigarettes dans sa poche, sortit son briquet.

— Un peu…

Il s'étonna.

— Comment peut-on être « un peu » la maîtresse d'un homme ? Expliquez-moi ça.

Elle eut un mouvement d'épaules, alluma enfin sa cigarette. La flamme éclaira son visage qui se refléta sur la vitre avec une soudaine précision. Elle éteignit le briquet et le conserva dans sa main, le palpant rêveusement. C'était un de ces briquets en forme de galet, agréable au toucher. « Une sensuelle », pensa Hubert.

— Je couchais avec lui, répondit-elle, mais je n'étais pas amoureuse.

Hubert aimait son accent chantant, sa façon de buter sur les mots, d'éluder les liaisons.

— Vous avez connu William Roos ?

Elle souffla un long jet de fumée.

— Oui. C'était le gentil garçon, il était amoureux de moi.

Le soleil avait disparu. L'horizon s'embrasait, une explosion de roses, de mauves, de gris intermédiaires, sur un foyer minuscule, comme une tache de sang.

— Et vous ?

— Je l'aimais bien.

— Vous couchiez avec lui ?

— Quelquefois.

— Pourquoi ?

Elle le regarda, visiblement surprise.

— Il était beau, répondit-elle.

« Une bonne réponse », pensa Hubert. Combien de fois lui-même n'avait-il pas couché avec des filles simplement parce qu'elles étaient belles ?

— Plus beau que Rennotte ?

— Non... Différent.

— Rennotte savait que vous couchiez avec Roos ?

— Oui.

— Il aimait cela ?

— Pas du tout.

Il y eut un silence. *La Ravageuse* filait bon train sur la mer d'huile. Le chuintement de l'eau sur la coque, le doug-doug-doug du diesel, formaient une symphonie agréable, reposante, rassurante. Brigitta reprit d'une voix unie :

— Je crois, c'est pour ça qu'il a tué.

Hubert sursauta

— Qui a tué qui ?

— Nicolas a tué William, je suis sûre.

Hubert la regarda. Son visage était lisse, teinté de rose par les reflets du ciel. Elle ne semblait pas émue.

— Pourquoi êtes-vous sûre ?

Elle ôta la cigarette de ses lèvres et se tourna légèrement pour faire tomber la cendre derrière elle.

– Le jour avant, ils se sont disputés pour moi.

Hubert était très attentif, pourquoi lui faisait-elle ces confidences étonnantes, à lui qu'elle connaissait à peine ?

– Le jour de la disparition de Roos, vous étiez sur le bateau ?

– Non.

– Le fait qu'ils se soient disputés n'est pas suffisant pour penser que Rennotte a tué Roos...

– Je ne pense pas, je suis sûre.

– Vous avez une preuve, alors ?

Elle affirma, tranquille :

– Oui.

Elle aspira une longue bouffée de sa cigarette. Il attendit, mais elle ne semblait pas disposée à en dire plus. Il insista :

– Quelle preuve ?

Elle repoussa la soie du foulard sur sa tempe gauche, rejeta la tête en arrière.

– Nicolas dit que William a disparu en plongée, mais il manque rien dans le magasin. La combinaison et tout le reste que William il mettait pour plonger, c'est tout en bas.

Hubert fronça les sourcils.

– Comment pouvez-vous le savoir ?

– Je savais la place pour ranger. Et c'est facile, très facile de prouver. Avec le cahier de ventaire.

– Le cahier d'inventaire ?

– Oui, c'est ça. Tout est inscrit dessus.

Hubert ne savait plus que penser. Si cette fille disait vrai, toute l'histoire serait à reconsidérer.

– Nous verrons cela quand nous serons à quai.

Hubert ne voyait plus le *dinghy* piloté par Forestier, qui devait déjà s'être engagé dans le goulet. Brigitta reprit :

– Je crois, Nicolas avait très peur vous voir ce soir. Il pensait vous étiez flic.

– Voulez-vous suggérer qu'il se serait suicidé ?

Elle secoua négativement la tête.

– Non, je suis sûre. Je crois davantage il est parti. Peut-être il est nagé sous l'eau jusque la terre et voilà... Peut-être il veut faire croire il est mort.

Hubert pensa que cela n'était pas impossible. Effrayé par ce qui s'était passé la veille chez lui et par l'intervention des services spéciaux, Rennotte avait pu organiser une mise en scène pour lui permettre de prendre le large sans être poursuivi. Peut-être... Mais cela ne pouvait se justifier que si Rennotte était vraiment responsable de la mort de William Roos. Et cela, Hubert n'était pas encore prêt à l'admettre.

Il regarda la jeune femme. Elle avait changé d'expression et semblait soudain remâcher une secrète rancœur. La bouche pincée, le visage gonflé, les yeux fixes, elle montrait un visage d'enfant au bord des larmes. Brusquement, elle pivota en jetant sa cigarette et retourna dans le poste arrière. Il entendit la porte claquer, fit deux pas pour écraser le mégot qui continuait de brûler sur le plancher, revint à la barre.

Quelques minutes plus tard *La Ravageuse* contourna le « gouvernail de la Corse », passa devant la grotte Saint-Antoine et s'engagea dans le goulet. Les feux de jalonnement étaient allumés. Hubert réduisit légèrement la vitesse et devint attentif. La nuit tombait maintenant très vite. Les anciens ouvrages de défense se confondaient avec la falaise et les treuils qui avaient autrefois servi à manœuvrer un filet pour barrer l'accès du chenal se perdaient dans l'ombre violette.

Les lumières du port apparurent. Hubert ralentit encore, redoublant de prudence. Il entendit Brigitta Ringborg remonter du poste arrière. Elle revint près de lui, alluma les lampes du tableau et les feux de position.

— Je peux vous aider ? proposa-t-elle.

— Si vous savez fixer les aussières, certainement.

— Je sais, affirma-t-elle.

Elle le guida, lui indiquant avec précision l'emplacement réservé à *La Ravageuse*. Hubert accosta très lentement. Brigitta sauta sur le quai avec une aussière qu'elle noua aussitôt autour d'une bitte. Hubert coupa le contact et l'aida ensuite à terminer l'amarrage.

Il y avait peu de monde sur les quais et personne ne leur prêta attention. Ils se retrouvèrent dans le poste faiblement éclairé par les lampes du tableau.

— On regarde cet inventaire ? rappela Hubert.

Elle acquiesça d'un signe de tête, poussa la porte à droite de la roue du gouvernail, alluma en bas et descendit à reculons. Hubert la suivit. Elle prit le cahier dans un tiroir et le remit à Hubert qui vérifia rapidement que tout était bien de la même écriture et que rien n'avait été rajouté récemment. Brigitta l'aida et ils passèrent une revue de détail qui leur prit peu de temps car tout était soigneusement rangé. Il ne manquait qu'un masque, un scaphandre monobouteille, une ceinture de plomb et une paire de palmes. Rien d'autre.

— C'est tout ça que Nicolas avait avec lui quand il est plongé à trois heures, précisa Brigitta.

Hubert était intrigué. L'équipement qui manquait était des plus rudimentaires et il ne comprenait pas pourquoi, par exemple, Rennotte ne s'était même pas muni d'un chronomètre étanche.

— William Roos avait peut-être son équipement personnel ? suggéra-t-il.

— Non. Il louait à Nicolas.

C'est vraisemblable. En mission, Roos n'avait aucune raison d'acheter du matériel que Rennotte pouvait lui fournir à bon compte.

— Tout cela est bien étrange, reprit Hubert. Qu'allez-vous faire ? Tout raconter à la police ?

— Je n'aime pas le police et je veux pas dénoncer un homme que j'ai couché avec lui. Demain, je repars dans mon pays et Nicolas fait ce qu'il veut.

— Où habitez-vous, à Bonifacio ?

— Je suis avec une amie sous le tente.

— Vous campez ?

— C'est ça. Près du sémaphore. Ce soir, maintenant, je retourne là-bas avec mon amie.

— Je vais vous y conduire.

— Merci, j'ai le vélo.

Elle fronça les sourcils et s'exclama :

— Oh ! Le vélo je l'ai laissé sur le quai, de l'autre côté. Je le cherche.

Elle remonta. Ses blue-jeans étaient très, très ajustés, et Hubert apprécia en amateur éclairé. Il suivit le même chemin et, cependant qu'elle quittait le bateau, il descendit dans le poste arrière.

Elle avait déjà réuni son couche-en-ville dans un sac de plage et tout ce qui restait dans les placards appartenait à Rennotte. Il fouilla consciencieusement partout et il venait de trouver le colt .38 à barillet lorsque Brigitta revint, essoufflée, furieuse.

— On a volé le vélo ! lança-t-elle avec indignation. C'est scandale !

Hubert essaya de l'apaiser, puis la questionna. Elle lui expliqua qu'elle avait laissé son VéloSolex appuyé contre le mur d'une maison de l'autre côté du quai, juste en face de *La Ravageuse*. Elle n'avait pas mis l'antivol. Le VéloSolex avait disparu. Les gens du café voisin n'avaient rien vu.

— C'est peut-être un gosse qui l'a emprunté et qui le rapportera.

— Il faut que je rentre…

— Eh bien, je vais vous accompagner.

Elle le considéra, perplexe.

— Vous n'attendez pas votre ami ?

— Si, mais il ne va certainement pas tarder.

Ils étaient très près l'un de l'autre, dans l'étroit passage ménagé entre les couchettes.

— Quoi on fait en attendant ? demanda-t-elle.

Elle avait un air merveilleusement candide et on lui aurait donné le bon Dieu sans confession.

— On pourrait faire l'amour, proposa courtoisement Hubert. C'est un passe-temps qui en vaut un autre.

Elle fit une grimace, puis secoua négativement la tête.

— Non, pas ce soir. On joue aux cartes ?

— À défaut…

— Je jouais avec Nicolas, beaucoup.

— À quoi ?

— À « pousse-couillon ». Il faut deux jeux avec cinquante-deux cartes. J'explique…

Hubert se laissa tomber assis sur la banquette, derrière lui.

— À « pousse-couillon », répéta-t-il. C'est merveilleux…

9

Hubert regarda Jo Forestier qui venait d'arriver.

— À quoi jouez-vous ? demanda celui-ci.

— À « pousse-couillon ». Vous connaissez ?

— Non, répondit humblement le Français.

— Quand vous voulez je vous donne la leçon, proposa Brigitta.

— Tout le plaisir sera pour moi…

Hubert et Brigitta terminèrent la partie. Puis, la jeune femme ramassa les cartes.

— Si on allait dîner ? suggéra Forestier. Je ne sais pas si vous êtes comme moi, mais je la saute.

— Je peux faire les sandwiches, répliqua Brigitta.

— Avec quoi ? demanda Hubert.

— Ce matin j'achète tout ça qu'il faut pour dîner ce soir avec Nicolas. C'est dans le réfrigérateur.

— Eh bien, allez-y. Nous vous reconduirons après.

Elle se glissa entre eux et les quitta pour gagner le poste avant. Jo Forestier attendit qu'elle eût disparu pour remettre à Hubert un colt Hunstman 22 LR automatique à dix coups, plus une boîte de balles.

— Il n'y avait rien de plus gros, dit-il. J'ai le même.

— C'est parfait, affirma Hubert. Personnellement, je préfère un 22 à canon long à n'importe quel .45.

C'est beaucoup plus précis à une certaine distance et beaucoup moins bruyant. À part ça ?

Il sortit le chargeur pour vérifier qu'il était approvisionné, manœuvra la culasse. Jo Forestier répondit :

— Rien de neuf. Aucun cadavre n'a été retrouvé aujourd'hui au pied de la falaise.

— Sûr ?

— Absolument.

— Il y a trois possibilités… La première, c'est que les cadavres y sont toujours, mais que personne ne les a vus. La seconde, que la mer les a emportés. La troisième, qu'ils aient été enlevés avant le jour par des gens qui n'avaient pas intérêt à ce qu'ils soient découverts.

Forestier s'assit sur une couchette. Hubert lui répéta ce que Brigitta lui avait raconté.

— En somme, résuma Forestier, elle croit que Rennotte a tué Roos par jalousie, puis qu'il s'est tiré cet après-midi parce qu'il avait peur de nous ?

— Exactement.

— Ce qui foutrait par terre toutes vos belles théories d'installations secrètes dans une grotte mystérieuse ?

Hubert eut un mince sourire.

— Ce qui les foutrait par terre si je n'avais pas été attaqué deux fois déjà en m'occupant de cette affaire.

Forestier se gratta pensivement la nuque.

— J'ai parlé de cette fille avec mon contact. Il connaissait assez bien Rennotte et il n'a jamais vu cette môme…

Hubert allait dire quelque chose, mais il entendit Brigitta qui revenait et il s'interrompit. Elle portait un plateau chargé de sandwiches, d'une bouteille de vin corse et de trois verres. Ils mangèrent et burent rapidement. Brigitta se taisait, paraissant préoccupée, ce qui était d'ailleurs tout à fait normal.

Vers 9 h 30, ils quittèrent le bateau et marchèrent jusqu'à l'hôtel, de l'autre côté du pont, où se trouvaient leurs voitures.

Ils n'avaient de clés ni l'un ni l'autre. Hubert, qui désirait prendre un mouchoir, décida de monter dans sa chambre, laissant Brigitta en compagnie de Forestier.

Une odeur particulière, de celle que certains fumeurs peu soigneux traînent avec eux, le frappa dès qu'il fut entré. Il renifla, jeta un coup d'œil dans la salle de bains... En apparence, rien n'avait été touché. Mais il avait bien l'impression que quelqu'un, en dehors du personnel de l'hôtel, était venu dans sa chambre. Il ouvrit sa valise et constata immédiatement que le double fond avait été forcé et mal replacé. Rien n'avait disparu.

Il prit les clés de la Dauphine et descendit. Brigitta et Forestier attendaient devant la sortie de la cour. Ils montèrent dans la voiture, Brigitta près d'Hubert, Forestier derrière.

Ils partirent à droite, sur la D 58. Quelques centaines de mètres plus, loin, un panneau leur indiqua, toujours à droite, la direction du phare de Pertusato.

C'était une route étroite, en assez mauvais état. Hubert conduisait prudemment. Dans la lueur des phares, ils aperçurent bientôt un pont de bois dont l'aspect n'était pas fait pour inspirer la confiance. Hubert arrêta la Dauphine.

– Vous croyez qu'on peut passer là-dessus ? questionna-t-il.

– Bien sûr, affirma Brigitta.

– Si ça ne vous dérange pas, dit Forestier, je préfère passer à pied. On est courageux dans la famille, mais pas téméraire.

— Je vous promets, les autos peuvent traverser, insista Brigitta.

Il y avait en effet des traces de pneus récentes dans la poussière et sur les planches. Hubert enclencha la première, embraya doucement.

— On risque le coup ?

— Seigneur, gémit Forestier, ayez pitié de nous.

Les roues avant s'engagèrent sur le pont. La voiture cahota. Le vacarme, impressionnant, fit serrer les dents aux deux hommes. Ils passèrent. Hubert accéléra de l'autre côté, abandonna la première pour la seconde. Une falaise se dressa sur la gauche, que la route contournait, continuant ensuite en corniche au-dessus d'un ravin au fond duquel coulait probablement un torrent en hiver.

Hubert pensa que c'était un endroit rêvé pour une embuscade et il redoubla d'attention. Il ne voyait dans le rétroviseur que la silhouette de Forestier, mais il le devinait tendu, prêt à toute éventualité.

La route remontait lentement. Ils arrivèrent soudain sur un plateau et un vent violent assaillit la voiture, la faisant osciller sur ses ressorts.

Des murets de pierre sèche bordaient la chaussée et ils aperçurent bientôt dans le lointain la lueur du phare de Pertusato qui s'éclipsa presque aussitôt. Un lapin fila dans la lumière des phares, décrivit quelques zigzags puis sauta le muret. Une odeur de brûlé entra par la vitre ouverte et ils pénétrèrent dans une zone dévastée par un récent incendie.

— La semaine dernière, dit Brigitta, tout brûlait ici. C'était terrible. Quelqu'un me dit, les incendies sont le désastre en Corse.

— Oui, confirma Forestier, c'est une calamité.

— Qu'est-ce que ça veut dire : calamité ?

— Désastre.

— Je vois.

— Cet après-midi sur la route, continua Forestier, j'en ai vu deux très importants.

Le vent sifflait rageusement dans les déflecteurs. Hubert pria la jeune femme de fermer celui de droite. Elle le fit.

— Le temps change, constata Hubert. Il faisait si bon en fin d'après-midi… J'ai l'impression que la mer doit être moins calme maintenant.

De part et d'autre de la route les squelettes noircis des arbustes calcinés dessinaient de sinistres arabesques. Une chouette passa comme un boulet, entraînée par le vent. Le ciel s'éclaira de nouveau, loin devant, au-dessus du phare qui venait de se rallumer.

Le moteur ronronnait allègrement. La route se remit à descendre. Un kilomètre plus loin ils passèrent entre des fortifications démantelées. Puis, il y eut un virage à droite, à angle droit, et la route remonta durement au flanc d'une colline.

— Nous arrivons, indiqua Brigitta. Vous pouvez arrêter la voiture devant le fort.

Les phares éclairèrent un terre-plein bordé sur deux côtés de constructions qui avaient dû autrefois abriter la garnison des ouvrages fortifiés que l'on devinait au-delà. La route, après un virage en épingle à cheveux, continuait de s'élever.

Hubert arrêta la voiture sur un terre-plein, au pied des vieux bâtiments. Brigitta demanda :

— Vous venez avec moi ?… La tente est plus bas, à deux cents mètres. Je voudrais être sûre si mon amie est là.

— D'accord, dit Hubert.

Il éteignit les phares, serra le frein à main, sortit la clé de contact. Ils descendirent, protégés par un mur du vent qui hurlait alentour. Brigitta sortit de son sac une lampe torche qu'elle alluma.

— Vous suivez, dit-elle.

Elle partit à droite et grimpa sur un talus qui longeait un vieux mur en ruine. Ils furent soudain en plein vent et faillirent être déséquilibrés. Brigitta leur cria quelque chose qu'ils n'entendirent pas. Ils continuèrent derrière elle, Forestier fermant la marche, courbés en deux, luttant contre les rafales qui les bousculaient et qui pénétraient dans la laine de leurs pullovers, les faisant frissonner.

Brigitta connaissait visiblement bien les lieux, pourtant pleins d'embûches. Ils avançaient sur une sorte d'arête, avec à leur droite un grand vide insondable et à leur gauche, en contrebas, un amas chaotique de vieux moellons et de gravats. Les deux hommes peinaient à suivre la jeune femme, trébuchant, glissant, se rattrapant quelquefois l'un à l'autre. Le vent leur coupait la respiration et leur arrachait des larmes.

Ils ne se rendaient absolument pas compte du chemin parcouru et Hubert pensa que Brigitta devait leur prêter sa torche pour le retour, car ils ne pourraient jamais s'en sortir avec le faible éclairage de la lampe-stylo qu'il avait sur lui.

Brusquement, alors qu'ils contournaient un ouvrage de béton, la torche de Brigitta s'éteignit. Surpris, Hubert s'immobilisa, s'appuyant au mur de la main gauche. Forestier vint buter sur lui et jura.

— Qu'est-ce qui se passe ? cria Hubert, essayant de dominer de la voix la plainte déchirante du vent.

Il n'y eut pas de réponse. Il appela, forçant encore le ton :

— Brigitta !... Brigitta !

La jeune femme semblait s'être volatilisée. Hubert chercha sa lampe-stylo, encastrée dans son portefeuille qui se trouvait lui-même dans la poche revolver de son pantalon. Il l'alluma et la braqua droit devant, sur l'emplacement où se trouvait Brigitta un instant plus tôt.

Rien. Sa lampe n'éclairait pas à plus de deux mètres, il avança prudemment. Brigitta avait dû continuer dans l'obscurité, bien que cela parût invraisemblable. Il hurla encore, plaçant sa main gauche en porte-voix :

— Brigitta !

Puis, il essaya d'éclairer le ravin à sa droite, mais sa lampe n'était pas assez puissante. Forestier arriva derrière lui.

— Où est-elle ? cria-t-il.

Hubert était bien incapable de le renseigner. Il pensa que la jeune femme avait pu perdre pied et tomber dans le vide, que son pouce avait pu se trouver sur le contacteur de sa torche et le repousser par une crispation incontrôlée au moment de la chute. Cela n'était pas impossible, bien sûr. Il se retourna vers Forestier.

— Il faut aller chercher des lampes, on ne peut rien faire avec ça.

Forestier se serra contre le mur pour le laisser passer. Ils revinrent sur leurs pas, Hubert éclairant le sol à cinquante centimètres devant ses pieds. Le vent s'acharnait sur eux, les poussant aux épaules, les relâchant soudain, comme s'il avait voulu leur faire perdre l'équilibre afin de les précipiter dans le vide.

Le retour leur parut interminable et ils crurent même s'être égarés. Hubert regrettait sérieusement de n'avoir pas laissé les lanternes de la Dauphine allumées. Ils retrouvèrent enfin le terre-plein dans l'équerre des bâtiments.

Ils soufflèrent un peu à l'abri du vent, puis marchèrent vers l'endroit où ils avaient laissé la voiture. L'endroit était vide, Hubert, croyant s'être trompé, marcha jusqu'au bout, jusqu'à ce qu'il eût retrouvé le virage en épingle à cheveux de la route. Forestier l'avait suivi. Hubert l'entendit lâcher une grossièreté bien française et il se dit que c'était exactement le mot qui convenait.

Il leur fallait bien se rendre à l'évidence : après Brigitta, c'était maintenant leur voiture qui avait disparu. Et si la jeune femme avait pu être victime d'un faux pas, il ne pouvait en être de même pour la Dauphine.

— Vous aviez serré le frein ? cria Forestier.

— Sûr !

Hubert s'en souvenait parfaitement. Il l'avait même bloqué énergiquement. Ils revinrent sur leurs pas, éclairant le sol. Hubert reconnut une grosse pierre qu'il avait remarquée dans la lumière des phares en arrivant. Un mètre plus loin, il retrouva les traces des pneus et les suivit à droite. Il parvint à un embranchement. Les traces qui venaient de la route, décrivant une courbe, étaient celles qui correspondaient à l'arrivée sous le pilotage d'Hubert. Mais il y avait d'autres traces, parfaitement insolites, qui continuaient tout droit en direction du ravin. Hubert et Forestier les suivirent et ne s'arrêtèrent qu'à l'extrême bord de la terrasse. Les traces, elles, continuaient.

— Elle doit être quelque part dans le fond, cria Forestier. Vous aviez mal serré le frein.

— Je l'avais serré à fond, j'en suis sûr, répliqua Hubert sur le même ton.

Ils remontèrent pour retrouver l'abri des bâtiments contre le vent. Hubert éteignit sa lampe.

— Nous sommes tombés dans un piège, dit-il. C'est sûr.

— La fille ? questionna Forestier.

— C'est possible.

— La garce !

Hubert fit passer sa lampe éteinte dans sa main gauche et prit son colt .22. Il amena une balle dans le canon et repoussa le cran de sûreté. Forestier, devinant ce qu'il faisait, l'imita.

— Vous croyez, demanda-t-il, que nous allons avoir des ennuis ?

— À brève échéance, c'est sûr.

— Qu'est-ce qu'on fait ?

— Rien, répliqua Hubert. Ils s'attendent certainement à nous voir faire quelque chose ; alors, ne faisons rien. Comme ça, ils seront obligés de prendre l'initiative.

— Je n'aime pas beaucoup ça, protesta Forestier.

— Proposez quelque chose de mieux.

— Nous ne sommes pas à plus de quatre kilomètres de l'hôtel… Nous pouvons rentrer à pied.

— Si on nous laisse faire, moi je veux bien.

— Nous sommes armés.

— Sûr. Dans cette obscurité, ça nous fait une belle jambe.

— C'est la même chose pour eux.

— Je voudrais bien le croire, mais ils doivent savoir ce qu'ils font.

Leurs yeux s'habituaient progressivement aux ténèbres et ils distinguaient maintenant les contours des constructions et même le ruban plus clair de la route empierrée qui remontait à la sortie du virage. Forestier tira une cigarette de sa poche et la mit entre ses lèvres sèches.

— N'allumez surtout pas, recommanda Hubert.

— Je ne suis pas dingue, répliqua Forestier.

Puis, il fit remarquer :

— Si quelqu'un voulait nous tirer dessus, il l'aurait déjà fait pendant que vous teniez votre lampe.

Hubert ne répondit rien. Tous ses sens en alerte, il aurait bien voulu deviner d'où viendrait le coup. Une faible et brève lueur, droit devant et plus haut, troua soudain la nuit.

— Vous avez vu ? demanda Forestier.

Hubert n'eut pas le temps d'acquiescer. Une autre lueur identique, apparut un court instant beaucoup plus à gauche et en contrebas.

— Des signaux, constata Hubert. Il y en a un au-dessus de la route dans la descente et l'autre après le virage en bas, à peu près sur les blockhaus.

— Autrement dit, la retraite est coupée.

Ils restèrent silencieux un long moment, puis Forestier proposa :

— On pourrait peut-être arriver jusqu'au sémaphore et de là téléphoner à mon contact qu'il vienne nous tirer d'affaire.

— S'ils ne sont pas complètement idiots, ils ont dû prévoir le coup, objecta Hubert.

— On n'est pas obligé de suivre la route, on peut monter directement à travers le plateau. Hubert ne répondit pas. Son intuition lui faisait penser que l'adversaire n'attendait que cela : qu'ils bougent. Forestier insista :

— Si vous ne voulez pas venir, je peux y aller tout seul.

Hubert eut un mouvement d'irritation. Mais il se rappela qu'il n'était pas chef de mission et que rien ne pouvait obliger Forestier à lui obéir.

— Allez donc si ça vous fait plaisir, répliqua-t-il. Et, si vous revenez, apportez-moi un grog bien chaud. Je vous en serais reconnaissant.

— Mais, avec plaisir, mon vieux. Combien de sucres ?

— Deux, comme papa.

— Je n'ai pas l'honneur de connaître monsieur votre père, riposta Forestier, toujours mondain.

— Moi non plus, mentit Hubert, je fus un bébé-éprouvette.

— Madame votre mère n'était pas douée pour le contact humain ?

— Elle était végétarienne et elle avait juré que jamais un gramme de viande n'entrerait dans son corps.

— Votre histoire est trop triste, mon vieux, je m'en vais.

— Il n'y a tout de même pas de quoi se suicider…

Forestier se décolla du mur et le longea en direction de la route. Il atteignit rapidement l'angle du bâtiment et fit encore deux pas, à découvert, pour regarder à droite, vers le sémaphore invisible. Le phare était dans une période d'éclipse. Forestier pensa que, lorsqu'il se rallumerait, le ciel se trouverait éclairé au-dessus. Si un guetteur était posté de ce côté-là, sa silhouette pourrait apparaître en contre-jour.

Forestier décida de patienter. Les éclipses du phare alternaient de minute en minute, cela ne serait pas bien long. Il tourna la tête vers l'endroit où ils avaient vu, quelques instants plus tôt, le premier signal lumineux. Tout était de nouveau obscur et Forestier ne distinguait pratiquement rien au-delà de la route.

Clac ! Il bondit en arrière, se plaqua vivement contre le mur, le cœur battant la chamade. Sa main gauche monta jusqu'à ce qui restait de sa cigarette fichée entre ses lèvres desséchées par le vent… La cigarette avait été coupée au milieu, comme avec un fouet. Mais Forestier savait que le claquement qu'il avait entendu n'était pas celui d'une lanière, mais d'une carabine .22, et que c'était une balle qui lui avait frôlé le visage.

Son colt bien en main, prêt à faire feu sur tout ce qu'il verrait bouger, il se contraignait à respirer lentement, profondément. Les battements de son cœur reprirent peu à peu un rythme normal. Il revint alors sur ses pas et retrouva Hubert assis par terre dans l'angle formé par les deux bâtiments en équerre. Forestier mit un genou au sol, à côté d'Hubert. Dans cet endroit bien abrité, le vent ne se faisait pas sentir.

— Vous avez entendu ? demanda-t-il.

— Quoi ? fit Hubert.

— On m'a tiré dessus.

— Je vous avais prévenu.

— Le type doit être un sacré tireur…

— Parce qu'il vous a loupé ?

— Il a coupé ma cigarette en deux.

— Vous l'aviez allumée ?

— Non.

— Alors, c'est un coup de hasard.

— À moins qu'il ne dispose d'un projecteur et de lunettes à infrarouges.

— Rien n'est impossible, admit Hubert. Mais alors, votre tireur d'élite devait être bougrement près… Avec des infrarouges, on n'y voit tout de même pas comme en plein jour et puis, il y a ce vent à décorner les bœufs…

— Le coup est venu de la droite, parallèlement au mur. Le type peut se trouver de l'autre côté du bâtiment.

— Charmant voisinage, apprécia Hubert.

Son flegme commençait à énerver Forestier.

– Il faut faire quelque chose, reprit celui-ci.

– Faites, répliqua Hubert. Mettez-vous une cigarette neuve dans la bouche et retournez au casse-pipes…

– On pourrait entrer dans le bâtiment et…

– Vous n'avez pas remarqué que toutes les fenêtres ont été murées ?

– Non…

– Si vous ne me croyez pas, vérifiez vous-même.

Ils restèrent silencieux un instant. Au-dessus d'eux, le vent continuait de hurler. Hubert reprit soudain :

– Il existe un sentier muletier qui part de la ville haute et qui passe quelque part par ici en suivant le sommet de la falaise. Il est possible que ce sentier-là ne soit pas surveillé par nos adversaires… Malheureusement, je ne sais pas où le trouver…

Forestier avait cru voir quelque chose bouger du côté de la route. Il resta figé quelques secondes, scrutant la nuit, mais en vain.

– Je crois savoir, dit-il enfin. Ce soir, chez mon contact, j'ai vu une carte de la région, très détaillée. On essaie ?

– Je veux bien.

– Je croyais que vous ne vouliez pas bouger ?

– Il n'y a que les imbéciles qui ne changent pas d'avis lorsque la conjoncture évolue. Si ce type qui vous a tiré dessus voulait vraiment nous descendre, il ne resterait pas maintenant inactif ; ses petits copains non plus. Je pense qu'ils veulent simplement nous faire rester ici en attendant autre chose…

– Quoi ?

– Si je le savais, cela m'arrangerait bien.

Il se remit debout.

— Mon cher ami je suis à votre disposition. Aiguisez votre pifomètre et tâchez de ne pas nous faire perdre le nord.

Forestier renifla ostensiblement, comme un chien de chasse cherchant une piste. Puis, il partit, Hubert sur ses talons. Le vent les assaillit de nouveau avec violence dès qu'ils eurent quitté l'abri des bâtiments. Ils se courbèrent en avant, autant pour donner moins de prise aux rafales que dans l'espoir de se rendre moins visibles aux yeux de l'adversaire.

Forestier marchait prudemment, tâtant le sol du pied à chaque pas. Hubert avait remis dans sa poche sa lampe-stylo qu'il ne pouvait plus être question d'utiliser.

Ils descendaient le long d'une pente assez raide où se mêlaient les herbes sèches et les arbustes rabougris, les rochers à fleur de terre et les pierres de toutes grosseurs.

Hubert espérait que Forestier savait vraiment où il allait. Depuis un moment, de gros nuages noirs avaient envahi le ciel, défilant à grande vitesse et cachant les étoiles qui auraient pu permettre aux deux hommes de s'orienter.

Pendant les premières minutes, ils craignirent à chaque seconde d'être attaqués. Puis, rien ne se produisant, ils se rassurèrent et ne restèrent plus courbés que pour mieux lutter contre le vent. Hubert pensa qu'il avait eu raison de suivre Forestier.

Ils avançaient depuis un bon quart d'heure lorsque la pente commença de s'adoucir progressivement. Cinquante mètres plus loin, ils arrivèrent sur une cabane de berger, construite en pierre et flanquée d'un vieux puits surmonté d'un auvent délabré.

Ils se reposèrent cinq minutes à l'abri du vent, adossés à la cabane, goûtant à pleins poumons le plaisir de respirer normalement. Puis, ils repartirent, suivant un sentier qui leur parut aller dans la bonne direction.

Ils butèrent ensuite sur un muret de pierre sèche qu'ils franchirent sans difficulté. Puis, ce fut le drame, rapide, imprévisible.

À leur gauche, avec la soudaineté d'une explosion, une haute gerbe de flammes parut jaillir de la terre. Puis, une autre, encore une autre. Attisés, poussés par la tempête, les différents feux s'étalèrent, se rejoignirent, avancèrent avec une stupéfiante rapidité.

Hubert et Forestier se mirent à courir, espérant déborder l'incendie par le côté avant qu'il ne les atteignît. Mais, de nouvelles explosions, toutes semblables, se reproduisirent droit devant eux à moins de cent mètres. Ils s'arrêtèrent, le cœur battant, avec la sensation de s'être laissé prendre dans un piège mortel. Hubert comprit qu'ils ne pouvaient plus s'échapper en courant. Le feu, sous l'action du vent, les gagnerait immanquablement de vitesse.

– On est cuit ! hurla Forestier, peut-être involontairement.

– Le puits ! cria Hubert.

Ils firent demi-tour et prirent leurs jambes à leur cou. Les flammes, hautes d'un à deux mètres, éclairaient le terrain. Hubert sauta le muret franchi un instant plus tôt, s'empêtra dans une ronce et plongea dans les cailloux. Lorsqu'il se releva, Forestier avait pris de l'avance, sprintant comme un champion du monde avec le titre en jeu. Hubert fonça derrière, levant haut les jambes pour éviter une nouvelle chute qui pourrait lui être fatale.

Le front des flammes n'était plus qu'à dix mètres et ils en éprouvaient déjà l'intense chaleur lorsqu'ils se rejoignirent contre la margelle.

Une chaîne rouillée était enroulée sur le treuil de bois cerclé de fer. Forestier tira dessus, la déroulant dans le puits. La manivelle, sur le côté, se mit à tourner très vite, grinçant effroyablement.

Le feu n'était plus qu'à cinq mètres. Hubert eut l'impression que ses sourcils et ses cheveux commençaient de griller. La chaîne complètement déroulée, le treuil se bloqua. Forestier sauta sur la margelle, ce n'était pas le moment de se faire des politesses, agrippa solidement la chaîne et se laissa aussitôt aller dans le vide. Il y eut un craquement sec. Probablement rongé par la rouille, le crochet qui fixait le dernier maillon sur le treuil avait cédé. Glacé d'horreur, Hubert vit son compagnon tomber comme une pierre et disparaître avec un grand bruit dans le trou noir.

Les flammes arrivaient. Hubert s'assit sur la margelle, pivota sur ses fesses, saisit un des supports du treuil et se laissa glisser.

Il était temps. Le feu était là, ronflant avec rage sous les rafales du vent, assaillant le puits. Les flammes parurent rebondir sur la margelle, comme des vagues s'écrasant sur un rocher. Hubert ne pouvait laisser ses mains dehors sans être atrocement brûlé. Il tâta la maçonnerie intérieure avec ses pieds, trouva des appuis entre les pierres mal jointes, écarta les jambes en opposition, trouva de nouveaux appuis, ôta sa main gauche, assura ses doigts dans une faille, lâcha enfin le support du treuil alors que la sensation de brûlure sur sa main droite devenait intolérable.

Des flammèches volaient au-dessus de lui. L'air surchauffé devenait irrespirable. Les dents serrées, luttant contre la panique qui le menaçait, il entreprit de descendre, bras et jambes écartés, tête en avant pour maintenir son centre de gravité dans la bonne direction. Il gagna ainsi cinquante centimètres et trouva un courant d'air frais qui montait du fond, aspiré avec force.

Il avait trouvé une position relativement confortable et il serait volontiers resté là, mais les pierres auxquelles ses doigts s'agrippaient se trouvaient au-dessus du niveau du sol et devenaient de plus en plus chaudes. Alors qu'il se résignait à descendre un peu plus, Hubert s'aperçut que l'intérieur du puits s'éclairait. Il tourna prudemment la tête, sans la redresser, pour regarder vers le haut. L'auvent de bois vermoulu qui protégeait le treuil venait de prendre feu.

Les pierres de la maçonnerie apparaissaient maintenant en relief et cela devint presque un jeu pour Hubert de gagner une nouvelle position, un bon mètre plus bas. L'auvent était maintenant dans sa totalité la proie des flammes. Hubert se pencha davantage en avant, scrutant l'intérieur du puits entre ses jambes largement écartées. Il aperçut le corps inerte de Forestier curieusement tassé sur le fond, à cinq ou six mètres plus bas.

Le puits était tari, ce qui n'avait rien d'étonnant, la sécheresse ayant sévi tout l'été. Hubert pensa qu'il aurait dû le deviner, en raison du courant d'air qui montait du fond, aspiré par l'atmosphère brûlante de la surface, et qui n'aurait pu se produire si le puits avait été plein.

Un tison lui tomba sur l'épaule, dont il se débarrassa d'un mouvement brusque qui faillit le déséquilibrer. Il prévit que l'auvent ne tarderait pas à se désagréger sous l'action du feu et que les débris encore brûlants lui pleuvraient dessus. Il décida de descendre jusqu'au fond, moins éloigné qu'il ne l'avait cru, où il ne risquerait plus une mauvaise chute et où il serait d'autant plus à l'aise pour se défendre.

Des braises dégringolaient et il commençait à sentir le roussi lorsqu'il arriva en bas. Le fond du puits était percé de part et d'autre par une galerie naturelle d'environ un mètre de large sur cinquante centimètres de hauteur, de section ovale, où passait probablement un cours d'eau souterrain en période humide.

Jo Forestier gisait sur la chaîne, le visage ensanglanté, sa jambe gauche bizarrement pliée en avant. Hubert lui tâta le pouls et constata qu'il battait encore. Il ramassa un vieux seau rouillé qui devait être là depuis longtemps et se redressa, armé de ce bouclier improvisé, pour les protéger, Forestier et lui-même, contre les tisons.

Heureusement, le vent qui soufflait toujours avec la même violence emportait la majeure partie des débris de l'auvent et les plus gros morceaux se trouvèrent même balayés. Le courant d'air montant de la galerie naturelle suffisant à chasser les flammèches et les étincelles, Hubert put bientôt considérer que ce danger-là se trouvait écarté.

Mais, dans le même temps, l'obscurité était revenue, la combustion lente du cylindre de bois compact, cerclé de fer, dont était formé le treuil, ne suffisant plus à éclairer l'intérieur du puits, Hubert ressortit sa lampe-stylo et s'occupa de Forestier.

Une fracture du fémur semblait être la plus grave des blessures dont souffrait l'agent français. Hubert trouva, dans les objets divers qui jonchaient le fond, une planchette et un bâton, grâce auxquels il confectionna une attelle qu'il fixa au moyen de lanières découpées au couteau dans la jambe gauche du pantalon de Forestier. Après quoi, il s'employa à tirer son malheureux collègue de son évanouissement. Il y réussit sans grande difficulté. Forestier ouvrit les yeux. Comme il arrive souvent dans des cas semblables il ne souffrait pas : pas encore. Penché sur lui, Hubert lui demanda :

– Vous m'entendez ?

– Oui, articula faiblement le blessé.

– N'essayez pas de bouger. Vous vous êtes cassé une jambe en tombant.

– Merde, murmura Forestier.

– L'incendie semble passé, continua Hubert. Mais on ne pourra sûrement pas marcher dans les cendres brûlantes avant plusieurs heures. D'autant moins que nous sommes plutôt mal chaussés pour ce genre de sport. Le mieux est de rester ici en attendant. Dès que cela sera possible, je remonterai et j'irai chercher du secours.

Il y eut un silence, Forestier reprit :

– Quelle bande de salauds ! Ils ont essayé de nous faire griller.

– Oui. Nous aurions dû comprendre que s'ils ne nous attaquaient pas là-haut, ils avaient une bonne raison pour agir ainsi. Ils ne nous laissaient qu'une issue et nous nous sommes précipités dedans tête baissée. On nous aurait retrouvés grillés, mais une autopsie n'aurait rien donné. Les flics se seraient demandé ce que nous fabriquions dans ce coin perdu à cette heure-là, mais ils auraient conclu à une mort accidentelle.

Un éclair illumina le ciel à ce moment précis et la lumière descendit jusqu'aux deux hommes. Un coup de tonnerre suivit presque aussitôt, extraordinairement fort. Puis, quelques secondes plus tard, la pluie se mit à tomber, une pluie diluvienne qu'un nouvel éclair montra aux deux hommes, drue, filant au ras de la margelle du puits comme un jet de lance.

Hubert pensa tout d'abord que c'était un bienfait de la Providence et que ce déluge allait éteindre le feu. Mais, cinq minutes plus tard, le premier filet d'eau arriva d'une des galeries et se répandit dans le fond du puits. Hubert se mit alors à souhaiter que la pluie s'arrêtât, mais elle semblait, au contraire, redoubler de violence.

Le niveau monta soudain très vite. Hubert en eut plein ses chaussures et Forestier prenait un bain de siège. Il n'y avait plus à tergiverser.

— Laissez-moi faire, fit Hubert, je vais vous tirer de là.

— Si vous y arrivez, mon vieux, je vous offre un gueuleton à tout casser au Santa Lina, à Ajaccio.

Hubert, très rapidement, faisait filer la chaîne dans ses mains, tenant sa lampe entre ses dents. Il passa une extrémité sous les bras de Forestier et utilisa le crochet du seau pour la fixer. Il attacha ensuite l'autre bout à sa ceinture, sur son ventre, afin que le poids l'affermisse contre la paroi. Il avait alors de l'eau jusqu'à mi-mollet. Il ôta un instant la lampe-stylo de sa bouche pour donner ses dernières recommandations à Forestier.

— Quand vous vous sentirez soulevé, tenez la chaîne entre vos mains et essayez de nager. Je vais y aller.

Il se mit à monter, en opposition, comme il était descendu. Il allait vite, mais ne prenait aucun risque, assurant chaque prise avec soin avant de poursuivre. La chaîne se déroulait normalement. Il essayait de ne prêter aucune attention au hurlement du vent, au crépitement de la pluie, aux coups de tonnerre. Mais, lorsqu'il fut à peu près aux deux tiers de son ascension, il trouva les pierres mouillées, glissantes, et fut obligé de redoubler de prudence.

Il serrait les dents sur sa lampe-stylo et une crampe menaçait les muscles de sa mâchoire. Il pensait à

Forestier et se demandait s'il pourrait nager avec le poids de la chaîne et dans l'état de faiblesse où l'avait mis sa blessure. À deux reprises son pied droit dérapa et il faillit tomber. Il s'arrêta quelques secondes, s'obligeant à respirer lentement, puis repartit. Enfin, une de ses mains accrocha le plat-bord de la margelle. Quelques instants plus tard, il fut dehors, déjà trempé jusqu'aux os par les trombes d'eau qui croulaient du ciel.

Il détacha le bout de la chaîne de sa ceinture. Le crochet de fixation ayant sauté, il fallait maintenant disposer la chaîne de telle sorte que le poids même de Forestier suffît à l'empêcher de déraper sur le tambour du treuil. Hubert l'enroula sur le bois noirci par le feu et détrempé par la pluie. Il fit tourner la manivelle et repasser la chaîne sur elle-même. Lorsque celle-ci se tendit enfin, les premiers maillons s'enfoncèrent dans le bois ramolli et Hubert en soupira d'aise. Il se cala solidement les pieds sur la dalle de granit qui se trouvait sous la manivelle et réunit toutes ses forces.

Forestier était lourd, très lourd, et cette charge pour laquelle ils n'avaient pas été prévus pouvait aussi bien rompre le treuil que la chaîne. Hubert en était malade d'angoisse, mais il ne voyait aucun moyen d'agir autrement pour sauver le malheureux Forestier de la noyade.

Épuisé, il dut s'arrêter plusieurs fois, bloquant de tout son poids le manche de la manivelle. Puis, un éclair lui montra, tout près, les mains de Forestier crispées sur la chaîne. Il réunit alors ses dernières forces. Les bras tendus de Forestier, la tête, les épaules de Forestier, apparurent. Hubert s'arc-bouta avec son corps sur la manivelle et attira son camarade vers lui. Forestier lâcha la chaîne d'une main pour attraper le support du treuil. Il était sauvé. Il hurla de douleur lorsque Hubert, complètement vidé, le fit glisser par-dessus la margelle pour l'asseoir sur le sol. Une seconde plus tard, Hubert se laissa tomber près de lui, les yeux clos, tremblant, offrant son visage au vent et à la pluie.

Un long moment plus tard, Hubert se releva péniblement. Il ne pleuvait plus, l'orage s'éloignait, le vent s'était calmé. Hubert respira profondément, puis se pencha pour libérer son camarade de la chaîne qui lui enserrait le torse.

Ils n'échangèrent pas un mot. Forestier paraissait à demi inconscient et geignait faiblement. Hubert marcha jusqu'à la cabane du berger. La pluie avait transformé les cendres laissées par l'incendie en une boue grasse dans laquelle il enfonçait jusqu'aux chevilles.

Le feu avait pénétré dans la cabane, consumant probablement une litière de paille ou d'herbes sèches, puis s'était éteint de lui-même après avoir noirci les pierres de la muraille et du toit, percé d'un trou à fumée, qui renvoyaient encore une douce chaleur.

Hubert revint au puits.

— Je vais vous porter à l'abri dans la cabane, annonça-t-il, et aller chercher du secours. Je regrette, mais je n'aurais jamais la force de porter vos cent kilos jusqu'à Bonifacio.

— Laissez-moi ici, j'ai trop mal quand je bouge.

— Non, vous êtes trempé, vous attraperiez la crève. Le feu a chauffé les pierres de la cabane, il y fait très bon.

Il lui expliqua comment faire pour que sa jambe ne fût pas trop malmenée. L'opération ne se fit pas sans douleur. Forestier cria. Mais, quand il se retrouva allongé dans les cendres chaudes, que ses vêtements trempés faisaient grésiller, il ne put s'empêcher de soupirer d'aise.

Hubert lui fit un oreiller avec son mouchoir plié sur une pierre. Il lui prit son colt et sa boîte de munitions, les posa au sec, et le couvrit ensuite des pieds à la tête avec de la cendre chaude.

— Une vraie patate ! murmura Forestier en essayant de sourire.

Hubert lui rendit son colt. Forestier le garda dans sa main droite posée sur sa poitrine.

— Je pars immédiatement, dit Hubert. Je vais aller à l'hôpital, demander une ambulance et des brancardiers.

— Allez plutôt voir mon correspondant, répliqua Forestier, c'est un toubib, il saura quoi faire… en ménageant les intérêts du service. Il s'appelle Simon Puzzatelli et il habite sur la route de Sartène, à trois cents mètres du port, à gauche… il y a une plaque à la grille… Vous lui direz… que vous venez… de la part de son cousin Andréa… de Bastia…

Forestier peinait. Il reprit son souffle et continua, au prix d'un effort considérable :

— Il vous demandera comment il va… Vous répondrez… qu'il a eu une jaunisse, le mois dernier.

— Andréa, de Bastia… Une jaunisse le mois dernier, répéta Hubert, j'y vais.

10

Simon Puzzatelli referma le livre qu'il venait de terminer et regarda un moment les braises rougeoyantes dans la cheminée. Puis il se leva et consulta sa montre : minuit quinze. Il bâilla et décida de monter se coucher.

Simon Puzzatelli était un grand gaillard de quarante-cinq ans, avec des cheveux déjà grisonnants et un physique de dur à la Humphrey Bogart. Il avait été pendant la guerre médecin des commandos, puis il avait travaillé en Allemagne pour la DGER[1], avant de revenir au pays natal installer un cabinet. Il continuait néanmoins d'émarger au budget du SDECE en qualité d'Honorable Correspondant à Bonifacio, ce qui avait été jusqu'alors, presque une sinécure.

Simon Puzzatelli posa le livre sur la cheminée et alluma une cigarette. Il pensait à cet agent du Service action qui était venu le voir en début de soirée pour lui demander des armes et certains renseignements, sans pour autant lui dévoiler l'objet de sa mission. Puzzatelli avait seulement compris que l'affaire avait un rapport

---

1. Direction générale des études et recherches, ancienne appellation du SDECE.

avec la disparition de William Roos, cet Américain que Nicolas Rennotte accompagnait dans ses plongées.

Il alla pousser les verrous de la porte d'entrée, puis monta jusqu'au grenier afin de s'assurer que la toiture avait tenu sous les trombes d'eau qui avaient accompagné l'orage. Il ne découvrit aucune infiltration et redescendit aussitôt.

Il était déshabillé et se brossait les dents dans la salle de bains lorsque la sonnerie du portail se mit à vibrer. Il cracha, se rinça rapidement la bouche, et gagna la fenêtre de la chambre pour regarder par les fentes des volets.

Une camionnette était arrêtée sur le bas-côté et un homme de taille moyenne, coiffé d'un feutre sombre, se tenait près de la grille. Simon Puzzatelli le vit appuyer une seconde fois sur le bouton de cuivre, déclenchant de nouveau la sonnerie dans la maison. Il entrouvrit les volets et cria :

– Qu'est-ce que c'est ?

L'homme leva la tête.

– Docteur Puzzatelli ?

– Il y a eu un accident de voiture sur la route de Gurgazzo. C'est un blessé qui m'a dit de venir vous chercher.

– J'arrive.

Simon Puzzatelli enfila une robe de chambre, des savates, et descendit au rez-de-chaussée. Il ouvrit la porte d'entrée, alluma la lampe de cour et appuya sur le bouton qui libérait le verrou électrique du portail. L'homme entra. Il était vêtu comme le sont les paysans corses d'un certain âge. Simon Puzzatelli fut frappé par le fait qu'il n'enlevait pas son chapeau, comme il l'avait été un instant plus tôt par son accent qui n'était pas celui de la région. Il le fit entrer dans le vestibule.

— Avez-vous prévenu la gendarmerie ? questionna-t-il.

L'homme parut étonné.

— Non, avoua-t-il, je suis venu directement ici...

— Je vais le faire. Et après, j'appellerai l'hôpital pour demander une ambulance et le reste...

Il pénétra dans son cabinet, alluma, marcha jusqu'à son bureau, décrocha le téléphone. La voix de l'homme résonna, derrière lui, dure, impérieuse :

— À votre place, docteur Puzzatelli, je laisserais la gendarmerie en dehors de cette histoire.

Le médecin se retourna et regarda la gueule noire du gros automatique braqué sur lui. En bon Corse, il pensa tout de suite à une vendetta et reposa le combiné sur son berceau.

— Il fallait le dire, mon vieux.

— Vous allez vous habiller et puis venir avec moi.

— S'il s'agit vraiment de soigner un blessé, je suis d'accord, et vous pouvez ramasser votre pétoire.

— Montez dans votre chambre, lentement, les mains croisées sur la tête. Si vous faites l'imbécile, je tire.

Un doute s'insinua dans l'esprit du médecin. Ce type-là ne s'exprimait pas comme un paysan dont il portait les habits.

— Vite !

Puzzatelli obéit. L'homme recula dans le vestibule pour le laisser passer, veillant, à demeurer hors de portée d'une possible contre-attaque. Il y eut alors une détonation très sèche. Le bras armé de l'homme sauta violemment, l'automatique lui échappa et tomba sur les dalles du couloir. Puzzatelli aperçut dans l'encadrement de la porte d'entrée restée ouverte un grand type qui semblait s'être plongé tout habillé dans un bain de boue et qui tenait à la main un automatique de petit calibre à canon long.

— Voyez s'il n'a pas une autre arme sur lui, dit Hubert en s'adressant au médecin.

Puzzatelli, sans chercher à comprendre, palpa son agresseur qui tenait son poignet blessé dans sa main gauche en grimaçant de douleur. Il ne trouva rien et ramassa le lourd automatique sur le sol.

— Faites-le entrer dans votre cabinet, reprit Hubert.

Il franchit le seuil, repoussa la porte, éteignit la lampe de cour, puis rejoignit les deux autres. Le sang giclait du poignet blessé de l'inconnu.

— L'artère a été perforée, indiqua le médecin, il faudrait au moins lui faire un garrot tout de suite.

— Vous le lui ferez s'il parle, répliqua brutalement Hubert. J'ai deux ou trois questions à lui poser…

L'homme grimaçait de plus en plus. Il se plia en deux, comme si la souffrance lui devenait intolérable. Puis il se redressa, son visage retrouva une certaine impassibilité et une lueur d'orgueil et de défi traversa ses yeux sombres. Hubert comprit aussitôt. Il bondit, assomma l'homme d'un coup de crosse, le coucha sur le ventre et lui força la bouche. Il en sortit une couronne de métal blanc, mais rien d'autre. Quelques instants plus tard, de violentes convulsions agitèrent le corps de cet étrange paysan. Le médecin s'était accroupi pour placer un garrot au bras blessé et arrêter l'hémorragie, le sang se répandant sur la moquette.

— Il s'est empoisonné, dit Hubert.

— Je le vois bien, répliqua Puzzatelli.

Une dernière convulsion, plus violente que les autres, quelques légers soubresauts ; c'était fini. Les deux hommes se redressèrent.

— Je viens de la part de votre cousin de Bastia, répondit Hubert.

Le médecin resta de marbre. Hubert s'aperçut qu'il avait oublié quelque chose et précisa :

– De votre cousin Andréa.

– Comment va-t-il ?

– Il a eu la jaunisse le mois dernier.

Simon Puzzatelli se détendit.

– Parfait, dit-il. Je vous écoute…

– Je suis à demi mort, répliqua Hubert. Je voudrais une douche brûlante, des vêtements secs et quelque chose pour me remonter !

Le médecin l'examina rapidement et constata qu'il était dans un état voisin de l'épuisement.

– Vous devriez manger quelque chose et dormir, conseilla-t-il.

– C'est impossible. Donnez-moi des pilules, n'importe quoi qui me donne un coup de fouet, et la douche chaude fera le reste. Je vous raconterai pendant ce temps-là.

– Venez.

Le médecin guida Hubert jusqu'à la salle de bains, au premier étage.

– Déshabillez-vous. Je vais vous préparer une piqûre de Maxiton, ce sera plus rapide.

Il repartit. Hubert se dévêtit à grand-peine, ses vêtements humides glissant mal. Il savait bien que quelques heures de sommeil auraient suffi à le remettre en forme, mais il ne pouvait pas abandonner l'affaire maintenant. L'adversaire aux abois essayait de faire le vide autour de lui. Il s'était même attaqué au correspondant de Forestier, qu'il avait sans doute découvert en faisant filer celui-ci. Il ne fallait pas lui laisser le temps de se ressaisir ou de disparaître.

Hubert se mit sous la douche, ouvrit les robinets, régla la température aussi chaude que possible. Pendant quelques minutes, il eut l'impression de renaître. Puis, il se savonna vigoureusement des pieds à la tête, se rinça.

Le médecin était là, armé d'une seringue. Hubert se sécha, puis s'offrit à la piqûre. Après quoi, Puzzatelli, qui était sensiblement de la même taille, lui prêta des vêtements secs. Hubert parla en s'habillant. Il raconta leur odyssée et dans quelle situation se trouvait Forestier. Les bottes de chasse que lui donna Puzzatelli étaient trop grandes, mais ils résolurent le problème en découpant des semelles dans du carton fort. Ils descendirent. Hubert parlait toujours. Pour expliquer l'agression dont Puzzatelli avait failli être la victime, il fut obligé d'en dire plus que Forestier n'en avait dit lui-même. Ils fouillèrent le cadavre, mais ne trouvèrent rien qui pût les renseigner sur l'identité de l'homme ou sur l'endroit d'où il était venu. Ils décidèrent de l'embarquer dans sa camionnette et de l'abandonner sur la route. Hubert prendrait le volant et se ferait ensuite récupérer par le médecin.

Hubert changea son colt Hunstman, que l'humidité n'avait sûrement pas arrangé, contre un « J. C. Higgins », modèle 80, également de calibre .22. Puzzatelli lui donna de nouvelles boîtes de balles et prit pour lui-même une carabine Marlin 336, à six coups, de calibre .35.

— Je constate, dit Hubert, que vous possédez un véritable arsenal.

— En Corse, répondit Puzzatelli, tout le monde est armé et personne ne s'en cache. C'est comme ça.

Ils prirent aussi des torches électriques et des couvertures, puis quittèrent la maison, emportant le cadavre qu'ils posèrent dans le compartiment arrière de la camionnette.

Le médecin sortit sa voiture, une DS, du garage. Hubert qui se sentait complètement ragaillardi, prit le volant de la camionnette et suivit le mouvement.

Cinq minutes plus tard, ils abandonnèrent la camionnette sur la route de Gurgazo et revinrent ensemble. Ils s'engagèrent sur la route du Pertusato. Le pont franchi, Simon Puzzatelli éteignit les phares. Le vent avait fini de balayer les derniers nuages et ne soufflait plus qu'avec modération. Les étoiles brillaient dans le ciel lavé et la nuit s'était éclaircie. Simon Puzzatelli connaissait bien la route. Penché sur le volant pour mieux voir, il maintenait la vitesse de la voiture entre 10 et 15 km/h.

La montre d'Hubert indiquait 1 h 10. Cela faisait maintenant plus de deux heures que Forestier gisait, gravement blessé, dans la cabane de berger. Il devait sûrement trouver le temps long, s'il avait conservé sa connaissance.

— Nous n'irons pas jusqu'au fort, annonça Puzzatelli. D'après ce que vous m'avez raconté, nous pourrions y faire des rencontres désagréables… Vous vous souvenez que, cinq cents mètres avant le fort, la route plonge brusquement dans une étroite vallée et passe entre deux blockhaus démantelés avant de tourner à angle droit pour remonter de l'autre côté, au flanc d'une sorte de falaise ?

— Oui, très bien.

— Nous laisserons la voiture avant la descente et nous suivrons à pied un sentier qui nous conduira par le fond de la vallée jusqu'à la cabane…

— Je ne me rends pas très bien compte de la topographie. Je ne suis jamais venu ici de jour.

— C'est très simple. Vous savez que toute la côte depuis la ville haute de Bonifacio jusqu'au cap de

Pertusato est formée par une falaise de craie. À un certain endroit, il y a un affaissement, exactement comme si un géant, depuis la mer, avait assené un grand coup de bâton sur la falaise et que cette falaise ait été en terre glaise au lieu d'être en craie. Ça ressemble à une gouttière, qui prend naissance à peu près à l'endroit où passe la route et qui va s'élargissant jusqu'au rivage. La cabane de berger où vous avez laissé Forestier se trouve dans le fond de cette vallée, à peu près à mi-chemin entre la route et la mer.

— Je vois, dit Hubert.

— Je connais bien, par ici. J'y suis souvent venu braconner.

— Braconner ? s'étonna Hubert.

— Hé ! Pourquoi pas ? riposta le médecin. En Corse, c'est comme ça. Par exemple : sur le continent, ils paient une vignette pour avoir le droit de rouler en automobile. Eh bien, les Corses ne la paient pas. Ils ont décidé que c'était un impôt indirect et, depuis Napoléon, les Corses ne paient pas d'impôts indirects. C'est comme ça. Nous avons nos cigarettes à trente pour cent moins cher que sur le continent. Et il ferait beau voir que la République refuse soudain de tenir les engagements de Napoléon ! Hé ! ce serait la sécession. Et qu'est-ce qu'ils feraient sans nous, sur le continent, je vous le demande ?

— Je n'en sais rien, avoua prudemment Hubert.

Ils restèrent un moment silencieux. Puzzatelli semblait totalement absorbé par la conduite difficile de la voiture dans l'obscurité. Hubert avait l'impression qu'ils n'avançaient pas et il était de plus en plus angoissé lorsqu'il pensait à Forestier.

— Vous me parliez des armes, enchaîna Puzzatelli. Sur le continent, quand ça barde, la détention d'armes, c'est la prison. Pas de problème. En Corse, vous entrez dans n'importe quelle maison, vous voyez des armes partout, bien en vue, et des armes de guerre. Hé ! Qu'est-ce que vous croyez ?... Quand les Italiens nous ont fait la gentillesse de déposer les armes, en septembre 1943, nous les avons ramassées. Il fallait bien que quelqu'un continue de les entretenir. Et pour entretenir un fusil ou un revolver, on ne fait rien de mieux que le Corse.

— Je n'en doute pas, dit Hubert.

Puzzatelli continuait de parler, intarissable. Ses mains dansaient sur le volant, avec une vivacité quelquefois inquiétante. Puis, brusquement, il fit sortir la DS de la route et l'arrêta.

— Tout le monde descend, annonça-t-il.

Ils ouvrirent les portières et mirent pied à terre. Hubert prit une des couvertures, la roula en boudin et la mit autour de son cou, sur ses épaules. Puzzatelli se chargea de l'autre, de la même façon, et saisit sa carabine. Ils refermèrent les portières sans faire de bruit, comme de vrais chasseurs de canards.

— Suivez-moi, dit doucement le médecin.

Ils partirent l'un derrière l'autre, à travers le maquis qu'un récent incendie avait rasé. Puis ils arrivèrent dans la zone qui avait brûlé trois heures plus tôt, juste avant l'orage. Leurs pieds s'enfoncèrent dans les cendres transformées en boue liquide par la pluie.

Le sentier que voulait suivre le médecin avait disparu et ils faillirent se perdre. Finalement, après un quart d'heure d'une marche difficile, entrecoupée de fréquents arrêts et de changements d'orientation, ils aperçurent la cabane et le puits.

Simon Puzzatelli entra le premier, alluma sa torche.

— Hé ! s'exclama-t-il. La cage est vide. L'oiseau s'est envolé.

Hubert baissa la tête pour entrer à son tour. Forestier n'était plus là. L'emplacement de son corps était encore visible dans la cendre. Il y avait, tout autour, des traces de pas. Beaucoup plus, certainement, que n'avait pu en laisser Hubert.

— Il s'est fatigué de nous attendre et il est parti, reprit le Corse.

— Vous avez déjà vu des gens marcher avec un fémur en morceaux ? questionna Hubert. Moi, jamais.

— Ce n'était peut-être pas une fracture...

— Écoutez, toubib, j'ai suffisamment vu de pattes cassées dans ma vie pour savoir à quoi ça ressemble. Quand une cuisse se plie au milieu et qu'elle forme un angle ouvert de cent vingt degrés vers l'avant, qu'est-ce que ça signifie ?

— Que le fémur est cassé, admit Puzzatelli.

— Je ne vous le fais pas dire.

— Et alors ?

— Et alors ? Eh bien, Forestier étant incapable de marcher, s'il n'est plus là, c'est que quelqu'un l'a emmené.

— Qui ?

Hubert, très inquiet, réfléchissait vite.

— Si ces gens-là ne sont pas venus en hélicoptère, reprit-il, ils ont dû laisser des traces dans la boue.

Puzzatelli fit un mouvement pour sortir. Hubert l'arrêta.

— Éteignez votre lampe, bon Dieu !

— Excusez-moi, dit le Corse. Je ne suis pas encore dans l'ambiance.

— Si vous tenez à votre peau, il ne faudrait pas tarder à vous y mettre.

Ils ressortirent. Puzzatelli avait remis sa torche dans une des poches à soufflet de sa veste de chasse, l'autre contenant le nécessaire pour les premiers soins à Forestier.

Accroupis, ils cherchèrent les traces dans la boue et les trouvèrent sans grande difficulté. Il y avait eu de nombreuses allées et venues, mais deux séries d'empreintes différentes, plus profondément marquées, se dirigeaient vers la mer.

— Voyez, dit Hubert, ce sont celles-là les bonnes. Ils enfonçaient davantage parce qu'ils portaient Forestier.

— Bravo, Sherlock Holmes, apprécia le Corse.

Courbés en avant pour mieux voir, l'un à gauche, l'autre à droite, ils prirent la piste. De temps à autre, ils s'arrêtaient pour scruter la nuit autour d'eux et prêter l'oreille. Tout était parfaitement tranquille.

Ils avancèrent ainsi pendant une centaine de mètres et arrivèrent à l'endroit d'où était parti l'incendie. Hubert remarqua sur un rocher à fleur de terre, noirci par les flammes, les débris d'une bouteille. Il avait pensé, sur le coup, que leurs agresseurs employaient des cocktails Molotov pour mettre le feu. Il en avait maintenant la preuve.

Au-delà, la piste se perdait dans les herbes, les ronces et les cistes. Hubert décida de continuer tout droit, sur la même ligne, en direction de la mer. Ils repartirent. Hubert avait sorti son automatique. Simon Puzzatelli tenait sa carabine prête à faire feu. Ils avaient l'air de deux Sioux sur le sentier de la guerre.

À mesure qu'ils descendaient, la végétation devenait plus exubérante. Des chênes verts dressaient çà et là leurs étranges silhouettes tordues sous l'action des vents dominants, des aloès, des agaves, jaillissaient du sol, échevelé, des figuiers de Barbarie brandissaient leurs raquettes hérissées de pointes.

Ils n'étaient plus qu'à cinquante mètres du bord de la falaise lorsque Hubert eut soudain l'impression d'avoir vu quelque chose bouger. Il s'immobilisa, aussitôt imité par Puzzatelli. Figés, silencieux, ils attendirent.

Une ombre sortit de derrière un arbuste isolé et se déplaça sur la ligne de faîte, se découpant avec netteté sur le fond plus clair du ciel. Hubert et son compagnon s'allongèrent dans l'herbe, très près l'un de l'autre, à se toucher.

— Qu'est-ce que c'est que ce type ? questionna le Corse.

Hubert ne répondit pas. L'inconnu parcourut une dizaine de mètres, suivant le bord de la falaise, puis revint lentement sur ses pas et disparut derrière l'arbuste.

— On le cravate ? proposa Puzzatelli.

— Ça s'impose, répliqua Hubert. Mais il faut que ça se passe sans douleur et surtout sans bruit. S'il n'a rien à voir dans l'affaire, nous lui ferons des excuses après.

— Voulez-vous que je m'en occupe ?

Le Corse voulait en découdre, c'était visible. Mais Hubert le connaissait depuis trop peu de temps pour lui faire confiance *a priori.*

— C'est un travail difficile…

— J'ai été officier de commando, répliqua le Corse, et je suis un bon braconnier. L'approche silencieuse, ça me connaît.

— Il ne suffit pas d'approcher, il faut encore assommer le type proprement sans lui laisser le temps de gueuler.

— Dans les commandos, c'était l'entraînement quotidien. Je n'ai pas oublié…

— N'oubliez pas que vous êtes médecin, installé à Bonifacio. Ce type est peut-être un de vos clients...

— Hé ! riposta le Corse. Dans ce cas-là, il vaut mieux que ce soit moi qui l'estourbisse plutôt qu'un autre, puisque je pourrai le soigner aussitôt après. Et, bien entendu, je ne le ferai pas payer...

Dans son excitation, le Dr Puzzatelli avait élevé la voix.

— Chut, fit Hubert.

Puis, après un dernier temps de réflexion :

— Vous avez le feu vert, toubib, puisque ça vous amuse. Mais ne ratez pas votre coup !

— N'ayez pas peur.

Le médecin se débarrassa de la couverture qui le gênait et, tenant sa carabine à deux mains devant lui, partit en rampant. Hubert admira sa technique et se sentit un peu rassuré. Il abandonna lui aussi sa couverture et décida de se rapprocher afin de se trouver à bonne portée de tir pour le cas où les choses se gâteraient...

11

Hubert n'était plus qu'à une vingtaine de mètres du bord. Tapi derrière un figuier de Barbarie dont la silhouette grotesque le dominait, il attendait. L'inconnu ne s'était plus manifesté et sans doute se trouvait-il toujours derrière le même arbuste.

Le bruit du ressac s'élevait maintenant au-dessus du sifflement du vent considérablement apaisé. De temps à autre, Hubert avait l'impression d'entendre parler.

Les minutes passaient. Rien ne bougeait. Hubert commençait à se demander si Puzzatelli ne s'était pas endormi en cours de route, lorsqu'il aperçut une ombre qui se déplaçait à sa gauche, à moins de dix mètres. Il braqua le J. C. Higgins dans cette direction et retint son souffle. Puis la voix du Corse lui parvint, à peine étouffée :

— Hé ! Où êtes-vous ?

Hubert siffla doucement entre ses dents. Vingt secondes plus tard, le médecin arriva près de lui.

— Je croyais que vous aviez décidé de rentrer chez vous, reprocha-t-il.

— Je m'étais avancé pour vous couvrir. Alors ?

— Étendu raide. Un coup de crosse sur la tête.

Il souleva sa carabine pour illustrer le propos.

— Ce n'est pas un de mes clients, précisa-t-il.

Hubert remarqua qu'il portait quelque chose en bandoulière, sur le dos. Il allongea le bras pour tâter.

— Un pistolet mitrailleur, expliqua le médecin. Je vous l'ai dit : un vrai Corse ne laisse jamais traîner une arme.

— Qu'est-ce qu'il gardait ? Vous avez vu quelque chose ?

— Il y a des cabanes de pêcheurs en bas de la falaise. On les entend causer, mais je n'ai pas pu comprendre ce qu'ils racontent.

— Allons-y, décida Hubert.

Il se mit sur ses pieds et ils avancèrent sans grandes précautions, persuadés que s'il y avait eu un autre guetteur, celui-ci aurait déjà manifesté sa présence. L'homme assommé par Simon Puzzatelli gisait au pied d'un laurier-rose.

— Je l'ai bâillonné avec son mouchoir et je lui ai attaché les pieds et les mains dans le dos avec la ceinture de son pantalon.

Hubert vérifia, constata que c'était du travail bien fait.

— Vous êtes vraiment doué, apprécia-t-il. Aucun doute…

Il marcha jusqu'au bord de la falaise, s'allongea et avança la tête au-dessus du vide. À dix ou quinze mètres en dessous, des vagues se brisaient sur une étroite plage de sable fin, en forme de croissant, située au fond d'une crique dont l'entrée se trouvait aux trois quarts fermée par une avancée de la roche. À gauche, à l'abri de cet éperon rocheux, deux constructions de bois se trouvaient adossées à la falaise. Devant ces constructions, trois grandes barques de pêche étaient amarrées à un embarcadère qui semblait avoir été taillé dans la craie.

— Ce sont des cabanes de pêcheurs napolitains ou sardes, murmura Puzzatelli qui venait de rejoindre Hubert. Il y en a beaucoup comme ça le long des côtes, qui pêchent la langouste. Ils arrivent au mois d'avril et repartent en octobre. On les tolère.

— J'ai bien peur que ceux-là ne soient pas des pêcheurs ordinaires, répliqua Hubert, sur le même ton. Comment peut-on descendre ?

— Il y a peut-être un escalier quelque part.

Hubert observait les bâtiments, dont l'un était éclairé à l'intérieur. La lumière filtrait à travers les volets mal joints et des éclats de voix montaient jusqu'aux deux hommes.

Ils reculèrent, se relevèrent et se mirent à longer lentement le bord. Quelques mètres plus loin, ils trouvèrent l'accès d'un escalier taillé dans la pierre tendre de la falaise et qui descendait vers la plage.

Hubert s'y engagea le premier, l'arme au poing. Simon Puzzatelli le suivit, la carabine à bout de bras. Leurs silhouettes devaient se détacher avec netteté sur la muraille de craie blanche et s'ils étaient surpris leur situation deviendrait immédiatement tragique.

Ils descendaient aussi vite qu'il était possible de le faire sur les marches usées dont l'obscurité effaçait le relief, sans garde-fou pour les protéger d'une chute dans le vide. Ils arrivèrent en bas sans ennuis et se hâtèrent sur une épaisseur de varech que la pluie récente avait rendu glissant.

Les deux cabanes, assez grandes, avaient été construites en planches passées au goudron. La falaise formait le mur du fond. Un toit couvert de papier bitumé assurait l'étanchéité.

Alors que les deux hommes approchaient de la fenêtre la plus proche, un hurlement atroce leur figea le sang dans les veines. Glacés, ils franchirent les derniers mètres et regardèrent par les fentes entre les volets disloqués...

Jo Forestier était étendu sur une longue table de bois, inerte. Deux inconnus, vêtus comme des pêcheurs, étaient penchés sur lui. L'un d'eux souleva une des paupières du blessé, puis se mit à invectiver l'autre dans une langue qui n'était sûrement pas du napolitain, ni du sarde, ni même un dialecte corse. Hubert, qui le comprenait assez bien, reconnut sans peine que les deux faux pêcheurs s'engueulaient en russe, et Dieu sait que le russe est une langue riche en injures de toutes sortes.

Hubert porta son attention vers la porte. Un volet de bois, grossièrement taillé, permettait de la verrouiller de l'intérieur, mais ce volet était levé et, comme il n'y avait pas de serrure, la voie était libre. D'un coup de coude, Hubert appela Puzzatelli et lui intima de le suivre. Ils passèrent sur le devant de la maison. Les deux hommes continuaient de s'insulter bruyamment, l'un reprochant à l'autre d'être responsable de l'évanouissement de leur prisonnier, l'autre s'en défendant avec vigueur. Hubert vérifia une dernière fois l'armement de son automatique, puis il poussa brutalement la porte.

— Les mains en l'air ! hurla-t-il pour dominer le vacarme. Ne bougez plus !

Il entra et fit un pas de côté pour dégager le champ de tir de son compagnon. Complètement surpris, les deux hommes avaient levé les bras sans hésiter et restaient bouche bée.

— Allez face au mur, ordonna Hubert.

Ils obéirent, l'air ahuri.

— Appuyez-vous des doigts sur le mur… Parfait… Reculez vos pieds… Encore… Encore… Là, très bien.

Ainsi placés en porte-à-faux, ils ne pouvaient plus avoir de réactions dangereuses. Hubert poussa le cran de sûreté de son arme, la retourna dans sa main et abattit la crosse sur le crâne de celui qui lui avait semblé, à l'écoute, être le moins digne de considération. L'homme s'écroula lourdement comme un sac de son. L'autre voulut se redresser. Hubert le frappa légèrement sur l'omoplate.

— Ne bougez pas, nous allons bavarder.

Il le palpa rapidement, le soulagea d'un joli Beretta Brigadier de calibre 8 mm et d'un poignard de plongée qu'il déposa sur un coffre voisin. Après s'être assuré que le Corse était toujours là avec sa carabine, il sortit chercher un grand filet de pêche accroché à des piquets devant la maison. Il revint, ordonna au faux pêcheur de se reculer, puis de reculer de quatre pas. Il lança le filet. L'homme essaya de se dégager, mais Hubert attrapa les plombs au ras du sol et tira brutalement, renversant son prisonnier. Il termina le travail à terre, jusqu'à ce que l'homme devînt incapable de remuer même le petit doigt. Il déploya les restes du filet et emballa dedans, selon la même technique, celui qu'il avait assommé.

— Nous voici tranquilles, déclara-t-il. Toubib, déposez les armes et occupez-vous de notre ami. Je vais jeter un coup d'œil dans l'autre baraque…

Il ressortit. L'autre bâtiment était obscur. Hubert prit sa torche dans la main gauche, ouvrit la porte, éclaira l'intérieur. Des caisses, des paniers à langoustes, des filets, des lignes, des avirons, des pots de goudron, des pots de peinture, des vieux sacs, deux équipements de plongée sous-marine… Rien de plus. Hubert revint. Penché sur Forestier, Puzzatelli lui faisait une piqûre.

– Vous lui aviez mis une attelle ? demanda-t-il.

– Oui.

– Ces salauds la lui ont enlevée et j'ai bien l'impression qu'ils l'ont torturé en lui tortillant sa patte cassée dans tous les sens.

Il retira l'aiguille d'un geste vif.

– En tout cas, vous aviez raison, c'est bien une fracture du fémur. Prions le bon Dieu qu'avec toutes ces tribulations il ne nous fasse pas une hémorragie interne.

– Essayez de le ranimer, répliqua Hubert. Il va peut-être nous apprendre des choses intéressantes.

– Avec ce que je viens de lui mettre, il ne devrait pas tarder à refaire surface. Je l'espère…

Hubert fit le tour du baraquement, éclairé par une grosse lampe de camping à gaz butane posée sur le manteau d'une grande cheminée taillée dans la falaise. Un placard bancal contenait une batterie de cuisine et quelques provisions. À côté, un réchaud, également au gaz butane, puis un bahut, vide. De l'autre côté, deux lits à deux places, superposés, avec une échelle desservant le plus haut, une armoire en très mauvais état contenant du linge. Hubert revint vers les prisonniers, avec l'intention de questionner celui qu'il avait épargné.

– Votre ami ouvre les yeux, annonça Puzzatelli.

Hubert fit demi-tour, se pencha sur le blessé.

– Alors, fit-il, vous ne pouviez pas nous attendre ?

Forestier ne répondit pas. Hubert demanda au médecin :

– On peut lui donner un peu d'alcool ?

– Si vous voulez.

Hubert alla chercher une bouteille d'eau-de-vie qu'il avait remarquée dans le placard. Il la déboucha, la flaira.

— C'est de la prune.

Il prit un verre et revint vers Puzzatelli auquel il remit le tout.

— Je vous laisse décider de la dose, toubib.

Le médecin fit boire Forestier, avec beaucoup de précautions d'abord, puis plus franchement dès qu'il eut constaté que la glotte du blessé fonctionnait normalement. Un peu de couleur reparut aux joues blafardes.

— Vous m'entendez ? demanda Hubert.

— Oui, articula Forestier.

— Vous pouvez parler ?

Forestier acquiesça d'un mouvement de paupières. Puis, très bas, il chuchota :

— J'étais évanoui… quand ils m'ont pris… Pas pu me défendre…

Hubert et le médecin se penchaient, l'oreille tendue aussi près que possible de sa bouche aux lèvres exsangues. Forestier ferma les yeux, puis :

— Ils m'ont torturé… pour savoir… où vous étiez…

L'effort l'épuisait. Il rouvrit les yeux, tourna légèrement la tête vers la falaise. Hubert comprit qu'il essayait d'ajouter quelque chose d'important.

— La cheminée…

Sa bouche resta ouverte, sa tête roula sur le côté. Il était de nouveau évanoui.

— Quoi, la cheminée ? s'exclama Hubert.

Il se retourna pour la regarder. Elle ressemblait à n'importe quelle autre cheminée de grande taille, avec cette seule différence qu'elle avait été taillée directement dans la craie de la falaise. Il y avait deux hauts chenets de fer forgé, une grande plaque de fonte ornée dans le fond, un trépied dans un coin. On y avait fait du feu récemment et un morceau de bois noirci reposait sur un tas de cendres.

— Ranimez-le, reprit Hubert à l'intention du médecin. Il faut qu'il termine son histoire de cheminée.

— Vous voulez le faire crever. Il faudrait le transporter d'urgence à l'hôpital, sur un brancard.

Hubert s'immobilisa.

— Je comprends vos scrupules, dit-il lentement. J'éprouve personnellement beaucoup d'amitié pour ce garçon-là et, s'il y laisse sa peau, je ne m'en consolerai pas. Mais il faut que vous compreniez que ce qui est actuellement en jeu a beaucoup plus d'importance qu'une malheureuse vie humaine…

— Expliquez-vous.

— Je n'ai qu'une chose à vous dire : des millions de vies humaines seront toujours plus importantes qu'une seule vie. C'est tout. Maintenant, libre à vous de conduire Forestier à l'hôpital sans plus attendre. Mais ne comptez pas sur moi.

— Vous savez bien que je ne peux rien faire sans vous. Je ne peux pas le transporter sur mon dos… Même si j'en avais la force, cela le tuerait sûrement.

— Vous faites ce que vous voulez.

Hubert, la mort dans l'âme, se détourna et fonça sur son prisonnier lucide. Il se laissa tomber sur lui à genoux et lui serra la gorge à travers les mailles du filet.

— Qu'est-ce qu'elle a, cette che…

Les mots lui restèrent dans la gorge. L'homme était mort, empoisonné, avec le même faciès que celui qui s'était suicidé dans le cabinet du Dr Puzzatelli.

— Je suis impardonnable, murmura Hubert.

Le médecin qui s'était approché comprit aussitôt. Hubert libéra l'autre prisonnier, toujours sans connaissance, lui ouvrit la bouche, lui arracha une couronne de métal blanc sur une molaire supérieure et recueillit une pastille de verre sortie de la dent creuse. Il se redressa.

– Quand des gens comme ceux-là n'hésitent pas à se donner la mort pour ne pas trahir un secret, vous pouvez être sûr que ce secret en vaut la peine. C'est pourquoi je ne veux pas lâcher la piste alors que je brûle…

– J'ai compris.

– Essayez de le réveiller. Celui-là, il faudra bien qu'il parle.

Hubert retourna vers la cheminée. Il s'agenouilla dedans, regarda vers le haut et aperçut le ciel. Pas de mystère de ce côté-là. Il reprit sa torche, l'alluma, éclaira les parois couvertes de suie dans laquelle le moindre attouchement aurait des traces. Il essaya de décoller la plaque avec ses mains, écarta les cendres, déplaça les chenets ; vainement.

Alors, il saisit le trépied et s'en servit pour frapper sur des briques réfractaires du foyer qui rendirent partout un son plein. Il voulut se redresser et trébucha. Le trépied qu'il n'avait pas lâché heurta la plaque de fonte qui résonna bizarrement. Hubert reprit son équilibre, le souffle coupé, frappa de nouveau, volontairement cette fois, l'énorme plaque carrée dont chaque côté mesurait environ un mètre. Aucun doute, cela sonnait le creux.

Hubert, utilisant une des barres du trépied comme levier, essaya de faire bouger la plaque en la forçant sur les côtés. À gauche, puis à droite, sans plus de résultat. Il essaya au-dessus. Cela refusait obstinément de bouger. Et pourtant…

Il interrompit ses efforts, respira profondément pour calmer son énervement, reprit sa torche posée près de lui, éclaira le pourtour de la plaque, centimètre par centimètre. Aucun système apparent. Il entendit Puzzatelli annoncer :

— On se réveille !

Il sortit de la cheminée à reculons et approcha. Il avait les mains noires de suie.

— C'est moi le petit ramoneur, dit-il.

Puis il donna un coup de pied dans les côtes de leur prisonnier qui le considérait avec une expression où se mêlaient la stupeur et l'effroi.

— Écoute-moi bien, rôtisseur, tu vas me rendre un service.

L'homme voulut faire sauter la couronne de sa dent creuse et s'aperçut que celle-ci avait disparu. Une lueur d'affolement fit vaciller son regard.

— Si tu fais ce que je te demande, continua Hubert, je te rendrai ta pastille de poison. Parole d'honneur… J'ai trouvé le truc pour ouvrir la plaque de la cheminée, mais je ne veux pas prendre de risques. Il y a peut-être une mauvaise surprise de l'autre côté… Alors, c'est toi qui vas l'ouvrir.

L'homme jeta un coup d'œil vers un vieux réveil qui se trouvait sur la cheminée, à côté de la lampe. Il hésita, puis une expression de ruse passa sur son visage, vite effacée.

— Je veux bien, accepta-t-il.

— Reprenez votre pétoire et tenez-le en respect, toubib, dit Hubert.

Il libéra complètement l'homme du filet et l'aida à se redresser. Le pseudo-pêcheur titubait et il se prit la tête entre les mains. Hubert lui servit un peu d'alcool dans le verre déjà utilisé pour Forestier. L'homme, toujours soutenu par Hubert, entra dans la cheminée, s'accroupit et, sans effort, souleva la base de la plaque qui pivota autour d'un axe passant par son sommet.

– Merci, dit Hubert.

Il aida l'homme à sortir de la cheminée et le réassomma aussitôt d'un *atemi* sur la nuque. Il le souleva, le porta jusqu'au filet et l'enveloppa de nouveau, étroitement serré.

– Vous lui aviez promis de lui rendre son poison, rappela le médecin.

– Et je n'ai qu'une parole, répliqua Hubert. Voyez vous-même...

Il glissa la pastille de verre dans une des poches de sa victime et se releva. Il s'empara du Beretta et du poignard posés sur le coffre et dit :

– Je vais faire un tour dans ce trou à rats. Si je ne revenais pas, faites dire des messes pour le repos de mon âme.

– Je vous accompagne, répliqua fermement le Corse.

– Hé ! fit Hubert. Vous perdez la tête, toubib.

– Pas du tout. Si je vous aide, l'affaire peut être réglée plus vite et j'ai besoin de vous pour transporter Forestier.

Hubert haussa les épaules. Il fourra le Beretta dans une de ses poches, le poignard dans une autre, ne gardant en main que le .22 LR et sa lampe-torche.

– Comme vous voudrez, dit-il.

Il alluma sa lampe et passa le premier. Il faillit se cogner la tête dans le contrepoids de la plaque en se redressant de l'autre côté. Puzzatelli le rejoignit, gêné par le pistolet mitrailleur qu'il portait toujours en bandoulière. Ils étaient dans une galerie naturelle, élargie à certains endroits à la pioche et qui s'enfonçait horizontalement dans la falaise. Ils braquèrent leurs lampes vers le fond et virent que le tunnel s'incurvait vers la droite, une dizaine de mètres plus loin.

— J'espère que vous êtes doué pour la spéléologie, s'enquit aimablement Hubert.

— J'ai lu tous les bouquins de Norbert Casteret.

— Alors, allons-y.

Hubert referma la plaque et ils y allèrent.

12

Hubert Bonisseur de la Bath et Simon Puzzatelli avançaient prudemment. Le J. C. Higgins dans sa main droite, prêt à servir, Hubert tenait sa lampe de l'autre main, par le projecteur, de manière à voiler la lumière avec ses doigts.

Il se souvenait de l'expression rusée que l'homme avait eue en acceptant – bien facilement – d'ouvrir la trappe de la cheminée et cela ne lui plaisait pas. Il avait la désagréable impression de se rendre volontairement à l'abattoir.

Ils avaient déjà parcouru un long chemin lorsqu'ils s'immobilisèrent en même temps, l'oreille tendue.

— Qu'est-ce que c'est ? murmura le Corse.

Hubert ne répondit pas. Il écoutait... C'était un bruit étrange, comme une plainte, qui semblait venir de très loin. Hubert repartit, le Corse sur ses talons. Progressivement, le bruit se précisait. Ils crurent un instant qu'il s'agissait d'un chien hurlant à la mort. Ils pressèrent le pas. Puis ils comprirent que ces hurlements frénétiques qui se répercutaient avec une force extraordinaire dans la galerie provenaient d'une gorge de femme.

Ils foncèrent, abdiquant toute prudence. Cinquante mètres plus loin, au détour d'un virage, Hubert faillit marcher sur un corps étendu par terre. C'était Brigitta, dans son imperméable mastic, ficelée comme un roast-beef. Elle avait cessé de hurler. Hubert braqua sa lampe sur le visage de la jeune femme, un visage blême, ravagé, inondé de larmes. Elle ferma les yeux, éblouie.

– Qu'est-ce que vous faites là ? demanda Hubert.

Elle dut le reconnaître à la voix et elle se mit à crier sur un ton aigu :

– Éteignez les mèches, vite, dans la salle.

Hubert releva sa lampe pour regarder plus loin.

La galerie se terminait là, débouchant sur une grotte qui lui parut immense. Il enjamba Brigitta, s'arrêta sur le seuil, promena le faisceau de sa lampe autour de lui et découvrit une grande salle naturelle avec un toit de stalactites, qui se terminait sur l'autre côté par une pièce d'eau de dimensions respectables. Plus près de lui, il éclaira des installations compliquées, des appareils d'électronique.

– Les mèches ! vite ! répéta Brigitta d'une voix hystérique.

Il comprit enfin ce qu'elle voulait dire. En plusieurs endroits, tout autour de la salle, des mèches, dont une extrémité disparaissait dans des trous fraîchement creusés dans la pierre tendre, se consumaient lentement par l'autre bout.

– Vite, toubib, aidez-moi !

Simon Puzzatelli avait vu, lui aussi. Ils se précipitèrent, arrachèrent les mèches, avec les détonateurs, les éteignirent en écrasant l'extrémité incandescente sous leurs semelles ; puis, pour plus de sûreté, les coupèrent au couteau.

Ils s'assurèrent avec soin qu'ils n'en avaient pas oublié et s'enfoncèrent même d'une dizaine de mètres dans une seconde galerie dont l'accès était situé du même côté que la première, à cinq ou six mètres environ.

Ils revinrent vers Brigitta.

– C'est fait, annonça Hubert. Il n'y a plus aucun risque.

Elle ferma les yeux, se mit à trembler de tout son corps, à claquer des dents, puis à rire en même temps, d'un rire démentiel qui donna le frisson aux deux hommes.

– Détachez-la et soignez-la, toubib, dit Hubert.

Simon Puzzatelli appuya sa carabine contre la paroi, mit un genou en terre, posa sa lampe sur le sol et ressortit son couteau pour trancher les liens qui immobilisaient la jeune femme. Hubert retourna dans la salle. Il marcha jusqu'au plan d'eau, l'examina longuement, cherchant à découvrir le fond. Il ne se doutait pas qu'il avait sous les yeux le théâtre de la mort tragique de William Roos.

Des câbles sous enveloppe étanche descendaient sous l'eau jusqu'à une profondeur telle que Hubert ne pouvait en voir la fin. Ces câbles, courant au ras du sol, aboutissaient à l'opposé aux installations fixées au flanc de la grotte.

Hubert revint sur ses pas pour examiner ces installations. Sur des échafaudages fabriqués avec des cornières trouées de série courante était posé un gros appareil qui ressemblait à ces émetteurs automatiques de signaux-radio utilisés pour la météorologie. En dessous, dans un grand bac de Plexiglas étanche, une douzaine de grosses batteries destinées à fournir le courant.

Des fils qui pendaient de l'émetteur, l'extrémité nue du gros câble qui se prolongeait jusque dans l'eau, des traces sur les cornières, des écrous, des rondelles abandonnées indiquaient avec certitude qu'un second appareil avait existé près du premier.

Simon Puzzatelli avait amené Brigitta au bord de l'eau. Par réaction, après la peur affreuse qu'elle avait eue de mourir écrasée sous l'effondrement de la grotte minée, la jeune femme subissait maintenant une belle crise de nerfs. Le médecin la gifla cinq ou six fois, puis lui plongea le visage dans l'eau froide. Le résultat fut spectaculaire. Brigitta cessa de claquer des dents, les tremblements qui l'agitaient diminuèrent d'intensité. Elle prit elle-même son mouchoir dans la poche de son imperméable et s'essuya le visage. Un genou en terre, Puzzatelli lui appuya le dos contre son autre jambe pliée et lui soutint la tête avec sa main. Hubert les rejoignit et s'accroupit devant elle. D'un simple regard, il jugea que la jeune femme, complètement vidée, était à point pour un interrogatoire dans les règles.

— Eh bien, dit-il gentiment, nous sommes arrivés à temps.

Elle battit des paupières et un sanglot sec lui souleva la poitrine. Un frisson la secoua.

— J'ai froid, se plaignit-elle.

Puzzatelli l'entoura de son bras et la serra contre lui. Elle se blottit, comme un oisillon sous l'aile de sa mère.

— Pourquoi voulaient-ils vous tuer ? demanda Hubert d'un ton très naturel.

— Ils croient que je les ai trahis… que je vous ai prévenu… et que c'est pour ça que vous avez échappé.

Hubert remarqua que son accent avait presque complètement disparu et qu'elle employait soudain volontiers les « que », qui semblaient auparavant la rebuter.

— Ils sont partis ?

— Oui.

— Pourquoi ?

— À cause de vous. Ils ont cru d'abord que peu de gens étaient au courant et qu'il suffisait de supprimer ces gens... Mais, ce soir, vous leur avez échappé et ils ne savaient pas où vous retrouver. Ils ont pensé que vous étiez allé chercher du renfort et que ce n'était plus possible pour eux de rester là... Alors, ils ont décidé de détruire les installations.

— Et vous, par la même occasion.

Elle frissonna de nouveau. La haine rétrécit un instant son regard. Hubert reprit, toujours sur le ton de la conversation :

— Ils ont emporté un appareil. Qu'est-ce que c'était ?

— Le détecteur « G », répondit Brigitta.

Hubert en eut le souffle coupé et il s'en voulut de ne pas avoir deviné. Il avait imaginé des bombes enterrées dont l'explosion pourrait être commandée par radio en cas de guerre, et des tas d'autres choses aussi réjouissantes, mais pas cela.

— Qu'est-ce que c'est que ça ? interrogea Puzzatelli qui semblait prendre un certain plaisir à réchauffer Brigitta.

— Un nouveau détecteur de sous-marins en plongée.

Simon Puzzatelli parut déçu. Sans doute ne réalisait-il pas que les sous-marins porteurs de fusées chargées de bombes H, comme les Polaris américaines ou les Golem VI soviétiques, constituent actuellement la force de dissuasion la plus redoutable et la plus redoutée des deux blocs. Il est incontestable que celui des deux qui pourrait détruire les sous-marins de l'autre dès les premiers instants d'une guerre qu'il aurait lui-même déclenchée aurait gagné la partie. Mais, pour détruire ces sous-marins, il faudrait connaître leur position, au moins à deux ou trois kilomètres[1] près ; là est toute la difficulté.

Là *était* toute la difficulté avant la mise au point par les Britanniques d'un nouveau détecteur basé sur le principe de la gravitation. On a pu trouver des parades aux détecteurs sonores ou magnétiques. Mais, s'il est possible de couvrir un sous-marin d'une peinture spéciale absorbant les ultrasons, s'il est possible de réduire à zéro les perturbations provoquées par ce même sous-marin dans le champ magnétique terrestre, il n'était pas encore possible de supprimer le poids de ce sous-marin.

Le détecteur G enregistrant les variations infinitésimales causées par le sous-marin dans le champ de la pesanteur ne peut être neutralisé. C'est le secret de cet appareil extraordinaire que les espions de Portland, travaillant pour les Russes, volèrent à l'amirauté britannique à la fin de l'année 1960.

Hubert, qui s'était occupé des espions de Portland savait de quoi il s'agissait. Et il comprit dans le même temps que les Russes étaient en train d'installer, partout où cela était possible, aux principaux endroits stratégiques des mers et des océans, des détecteurs « G » qui, par l'intermédiaire d'émetteurs automatiques autonomes, signaleraient à leur GQG, à chaque instant, la position des sous-marins occidentaux.

— Combien étiez-vous à travailler ici ? demanda Hubert.

— Il y avait six techniciens, et nous étions six des services de sécurité. Vous en avez tué deux...

---

1. Il existe des bombes atomiques sous-marines capables de détruire même les plus gros submersibles dans un rayon voisin de 10 kilomètres.

Hubert pensa que le chiffre n'était plus exact. Leurs pertes s'élevaient maintenant à quatre morts, plus deux prisonniers y compris Brigitta.

— Ce sont les six techniciens qui sont partis avec le détecteur après avoir miné la grotte et en vous laissant ici ?

— Oui.

— Depuis combien de temps sont-ils partis ?

Elle consulta sa montre. Hubert orienta sa lampe pour l'éclairer.

— Une demi-heure… J'avais l'impression que cela faisait beaucoup plus.

Hubert regarda Puzzatelli et ils eurent tous deux la même pensée. Les six fugitifs ne pouvaient être passés par la plage.

— Par où sont-ils partis ?

— Par l'escalier du puits.

— Qu'est-ce que c'est que ça ?

— On y arrive par l'autre galerie.

— Et ça sort où ?

— Dans les souterrains du fort, sur le plateau.

— Et après, ils avaient des voitures ?

— Il restait une camionnette.

— Une Aronde noire, immatriculée 620 ?

— Oui.

Hubert eut un sourire cruel. Le sang courut plus vite dans ses veines. La camionnette était dans un fossé, sur la route de Gurgazo, et son conducteur mort était bien incapable de la ramener jusqu'au fort. Conclusion : les six techniciens soviétiques devaient encore être là-haut.

Il se redressa, renonçant à poser les autres questions qui lui venaient aux lèvres.

— Pouvez-vous marcher ? demanda-t-il.

— Certainement.

Puzzatelli l'aida, se relevant avec elle. Elle trébucha, puis s'affermit sur ses jambes, passa une main hésitante sur son front.

— Ça va ?

Elle fit oui de la tête.

— Vous allez nous montrer comment gagner le fort par l'intérieur. Allons-y.

Il passa devant. Le Corse alla récupérer sa carabine et les rejoignit, fermant la marche. Cette nouvelle galerie devait beaucoup à la main de l'homme et rares étaient les endroits qui ne gardaient pas les traces des pioches.

Ils arrivèrent bientôt au fond d'un puits de section carrée d'environ cinq ou six mètres de côté, dans les parois duquel avait été creusé un escalier assez large pour une personne et muni d'une rampe extérieure formée d'une grosse corde soutenue par des barres de fer fixées à intervalles réguliers dans la pierre tendre.

— Vous connaissez le puits Saint-Barthélemy ? questionna le Corse en braquant sa lampe vers le haut[1].

— Non, répondit Hubert en levant la tête.

Ils ne voyaient pas le sommet.

— C'est la même chose, avec cette différence que le Saint-Barthélemy est rond, et moins large.

Hubert marcha délibérément vers l'escalier et commença à monter. L'ouvrage avait dû être fait par de petits hommes car, à certains endroits, Hubert était obligé de baisser la tête pour ne pas heurter le plafond.

Brigitta suivait, surveillée par le Corse qui venait le dernier. Les émotions qu'elle avait subies lui avaient

---

1. Creusé de 1852 à 1856 sous la citadelle de Bonifacio. Profond de 65 mètres. Un escalier en spirale, descendant jusqu'au fond a été taillé dans la paroi.

coupé les jambes et, bien que Puzzatelli la poussât, ils prirent tout de suite un retard qui ne cessa d'augmenter. À mi-chemin, Hubert avait un tour complet d'avance, soit environ quinze mètres de hauteur. Lorsqu'il atteignit les dernières marches, à plus de cinquante mètres au-dessus du fond, il vit Brigitta arrêtée à mi-parcours et Puzzatelli qui la prenait dans ses bras, malgré la gêne que représentait sa carabine.

L'escalier débouchait sur une salle elle-même creusée dans la craie, séparée du puits par un garde-fou en bois et qui avait dû autrefois être à ciel ouvert car le plafond était formé d'une dalle de ciment armé soutenue en son centre par un pilier. Au fond, une échelle de fer se dressait verticalement jusqu'à une trappe métallique. Dans un coin, inattendue, se trouvait une chaise longue dépliée près d'un vieux placard métallique.

Hubert pensa que ce puits avait dû être creusé au moment de la construction du fort, la pierre extirpée ayant été utilisée pour certains bâtiments extérieurs, comme ceux qui les avaient un moment abrités du vent et de leurs adversaires, Forestier et lui, au début de cette nuit mouvementée. Il alla ouvrir le placard, qui contenait des journaux et quelques livres. Puis il éclaira la trappe, en haut de l'échelle.

C'était une trappe en fonte renforcée d'entretoises et qui pouvait se bloquer au moyen d'un énorme verrou qui se trouvait en position ouverte. Hubert enfonça le corps de sa lampe dans la poche gauche de sa veste, projecteur à l'extérieur, puis s'éleva sur les barreaux de fer, s'aidant de sa seule main libre car il ne voulait pas lâcher son arme. Lorsque sa tête toucha la trappe, il la pencha de côté, colla son oreille contre le métal, écouta.

Rien, aucun bruit. Son avant-bras droit armé passé derrière l'échelle pour se maintenir ; il éteignit sa lampe dans sa poche et poussa doucement la plaque de fonte, à la fois de la tête et de la main gauche. La plaque se souleva sans opposer d'autre résistance que celle de son poids élevé. Un courant d'air relativement tiède frappa le visage d'Hubert. Tout était obscur et silencieux. Il laissa doucement revenir la trappe sur son berceau et descendit après avoir rallumé sa lampe. Il ne voulait pas s'aventurer plus loin sans le double secours des renseignements que pouvait lui donner Brigitta et des armes de Simon Puzzatelli.

Il retourna au bord du puits, juste pour les voir arriver, l'un portant l'autre. Le Corse déposa son joli fardeau en soufflant comme un phoque.

– Je suis désolée, dit Brigitta.

Puzzatelli s'adossa au mur pour reprendre haleine et appuya sa carabine près de lui.

– Vous connaissez le chemin après cette trappe ? demanda Hubert à la jeune femme.

– Oui… On sort dans une galerie, avec des placards dans les murs. Autrefois les soldats mettaient les réserves d'obus dedans… Il y a de petits wagons sur des rails… Au bout de la galerie, il y avait un monte-charge qui est cassé… On passe à l'étage au-dessus par une échelle de fer comme celle-ci et on arrive dans une galerie en rond…

Elle décrivit un large demi-cercle avec sa main droite.

– … avec d'autres petites galeries qui partent en étoiles vers les blockhaus où étaient les canons… Là aussi il y a des petits wagons sur des rails ; les rails sortent dehors à chaque bout et continuent vers des blockhaus isolés.

Hubert était très étonné par sa soudaine facilité à s'exprimer en un français des plus corrects, mais ce n'était pas le moment d'éclaircir ce point d'histoire.

Il pensait que, normalement, les six fugitifs devaient attendre leur voiture à l'extérieur et qu'il ne risquait pas de tomber immédiatement sur eux.

– Ça va ? demanda-t-il au Corse.

– Encore une minute, s'il vous plaît.

Hubert réprima un mouvement d'impatience.

– Vous passiez souvent par ici pour sortir ?

– Non, répondit Brigitta. En certaines occasions seulement et l'un de nous refermait toujours la trappe de ce côté-ci. Si on devait revenir par ici, quelqu'un attendait dans la chaise longue et il fallait frapper d'une certaine manière pour se faire ouvrir.

– Vous étiez ici depuis longtemps ?

– Nous autres, des services de sécurité, depuis quatre mois. Nous avons reconnu les grottes et réceptionné le matériel qui arrivait par des sous-marins que nous accostions en haute mer avec les barques de pêche. Quand tout le matériel a été ici, les techniciens sont venus. Cela fait trois semaines seulement…

– Vous deviez repartir bientôt ?

– C'est fini. Ils en étaient aux essais et ils seraient repartis la semaine prochaine. Moi aussi, peut-être. Quelques-uns seraient restés encore un mois pour continuer la pêche, pour que ça ne semble pas drôle s'ils partaient.

– Maintenant, dites-moi la vérité en ce qui concerne Roos et Rennotte. Que sont-ils devenus ?

Elle était lancée et il n'y avait plus de raisons pour qu'elle choisît soudain de se taire.

– Roos a été tué dans la grande grotte en bas. Il était arrivé par en dessous en suivant des galeries sous-marines. Rennotte a été tué cet après-midi, en plongée, avec une flèche à tête explosive.

– Et les corps ?

— Ils ont été murés dans un trou creusé dans la craie. Je vous montrerai.

Simon Puzzatelli se redressa, ayant récupéré, et reprit sa carabine.

— Quand vous voudrez, dit-il.

13

Hubert allait dire quelque chose lorsqu'un choc sur la plaque de fonte qui formait la trappe les surprit tous. Au même instant, les deux hommes éteignirent leurs lampes. Hubert se déplaça très vite dans le noir jusqu'à toucher le mur opposé, afin de ne pas offrir avec ses compagnons une cible groupée aux coups éventuels de l'adversaire.

Quelqu'un essayait de soulever la trappe au moyen d'un outil quelconque et, le verrou n'étant pas mis, le résultat ne faisait aucun doute. Hubert pensa que le groupe des six s'était inquiété de ne pas entendre l'explosion des mines destinées à faire s'écrouler la grande salle aux installations. Les charges étaient assez fortes pour que leur effet se fît sentir jusqu'à la surface du sol. Le délai étant écoulé, ils envoyaient un ou plusieurs des leurs se rendre compte de ce qui s'était passé et rallumer les mèches s'il le fallait.

Une lueur filtra un court instant par l'entrebâillement de la trappe qui retomba aussitôt avec un grand bruit. Il y eut un nouvel essai, cette fois couronné de succès. La plaque de fonte fut ouverte en grand. La lumière d'une lampe descendit dans la salle. Hubert vit Brigitta faire deux pas de côté pour s'abriter derrière le placard métallique. Simon Puzzatelli, l'air très décontracté, tenait sa carabine à bout de bras en travers de ses cuisses. Hubert s'appuya de l'épaule gauche contre la paroi humide, verdie par le salpêtre. Il leva lentement la gueule du J. C. Higgins.

Un pied apparut, puis un autre, chaussés de bottes de cuir sombre. Hubert craignit que Simon Puzzatelli n'intervînt trop tôt. Avant de déclencher la bagarre, il fallait s'assurer du nombre des adversaires et, pour cela, laisser l'homme prendre pied à terre pour savoir si un autre le suivait ou non.

L'homme devait avoir fixé sa lampe à un bouton de poitrine et il descendait à l'aise en s'aidant de ses deux mains libres. Il était vêtu de toile imperméable foncée, comme en portent les chasseurs.

Il arriva en bas et se retourna.

— Bonsoir, dit Hubert. Ravi de vous voir.

L'homme fut un court instant comme pétrifié. Puis, d'un geste extrêmement rapide, il sortit une arme de sous sa veste. Hubert, qui ne voulait pas le tuer, attendait qu'il eût dégagé son bras, jouant sa propre vie sur un dixième de seconde. Mais Simon Puzzatelli, mieux placé, tira sans même se donner la peine d'épauler. Atteint à la saignée du coude, le bras de l'homme sauta en l'air, sa main lâchant l'automatique qui fut projeté contre un mur avant de rebondir sur le sol. L'homme laissa échapper une sorte de gémissement sourd, se plia en deux, tenant son bras blessé dans sa main gauche ; puis, sans hésitation, il fonça tête baissée vers le garde-fou.

Hubert et Simon Puzzatelli voulurent l'intercepter. Mais ils avaient été complètement surpris et ils réagirent avec une seconde de retard, une seconde fatale. Les doigts d'Hubert touchèrent la veste de l'homme mais ne purent la saisir. Il buta contre le Corse et tous les deux, impuissants, virent le blessé plonger par-dessus la rambarde de bois, la tête la première, et disparaître dans le vide.

Brigitta cria. Ils attendirent, glacés d'horreur. La chute leur parut interminable. Enfin, ce fut le choc, assourdi, mou, qui leur parut dérisoire. Ils frissonnèrent, puis allumèrent leurs lampes et avancèrent jusqu'au bord du gouffre.

Cinquante mètres plus bas, une petite lumière brillait, semblable à une luciole. D'inexplicable façon, la lampe de l'homme, accrochée à sa poitrine ne s'était pas éteinte.

— Ces gens-là me fichent la trouille, murmura Simon Puzzatelli.

— À moi aussi, avoua Hubert. Mais je leur tire mon chapeau.

Ils se retournèrent. Adossée au placard métallique, la tête haute, les yeux fermés, Brigitta tremblait, pâle comme une morte. Hubert vint tout près d'elle et lui toucha l'épaule.

— Vous allez nous attendre ici, dit-il. Mettez-vous dans la chaise longue.

Elle obéit. Il l'aida à s'allonger.

— Ça ne vous ennuie pas de rester dans l'obscurité ? demanda-t-il.

Elle secoua négativement la tête.

— Soyez bien sage. Nous reviendrons vous chercher dès que tout sera fini.

Il regarda Simon Puzzatelli.

— On y va, toubib ?

— On y va.

Hubert passa le premier et connut un instant désagréable alors qu'il prenait pied dans la galerie située au-dessus. Il voila le projecteur de sa lampe avec ses doigts et attendit son compagnon. Puzzatelli arriva.

— Ça m'ennuie de la laisser là, murmura-t-il. Vous n'avez pas peur qu'elle fasse une bêtise ?

— Si vous pensez qu'elle pourrait se suicider, elle aussi, ne craignez rien. Elle a eu trop peur de mourir tout à l'heure et elle n'a pas encore eu le temps de l'oublier. Croyez-moi, elle ne bougera pas, et nous serons beaucoup plus à l'aise sans elle pour ce que nous allons faire maintenant... Avec des gens ayant un pareil mépris de la mort, ça ne va pas être une partie de rigolade.

Hubert avança dans la galerie qui était exactement telle que Brigitta l'avait décrite entièrement bétonnée, avec des armoires à munitions des deux côtés, des rails et un train de wagonnets abandonné au centre.

Ils avançaient prudemment, sondant les moindres recoins. Ils encadrèrent le petit train pour le dépasser et atteignirent le monte-charge cassé. À côté, une échelle de fer montait verticalement à l'étage au-dessus. Il n'y avait pas de trappe.

Hubert approcha de l'échelle, éteignit sa lampe, pria son compagnon d'en faire autant et s'éleva à tâtons. Arrivé en haut, il sortit la tête au-dessus du niveau du sol. Obscurité totale. De la main, il reconnut les bords de l'ouverture, continua de monter et prit pied avec de grandes précautions.

Il sifflota très doucement pour appeler Puzzatelli. Puis, très nettement, il entendit des voix, assez lointaines, qui se répercutaient étrangement comme dans une chambre d'échos. Il essaya de comprendre, mais ne put y parvenir. Ce n'était pas une conversation paisible, mais plutôt une discussion, assez animée semblait-il. Hubert en tira la certitude que les cinq hommes, qui attendaient tout près de là une camionnette dont ils ignoraient qu'elle n'arriverait jamais, étaient loin de se douter qu'une attaque les menaçait sur leurs arrières.

Il aida Simon Puzzatelli à prendre pied près de lui dans le noir.

— Ils sont là, lui murmura-t-il à l'oreille. On les entend parler…

Ils les écoutèrent un moment. Puis, Hubert donna le plan de l'attaque :

— D'après Brigitta, cette galerie a la forme d'un « U » et nous sommes à la base de ce « U », au centre de la courbe, les deux branches débouchant à l'extérieur après avoir desservi un certain nombre de casemates… Les voix viennent de ce côté-là. Je vais vous demander de gagner la sortie de l'autre côté… Moi, je vais les attaquer de l'intérieur. S'ils essaient de fuir à découvert, vous les en empêcherez avec le pistolet mitrailleur. Il faut agir aussi vite que possible. L'objectif est de s'emparer de leurs bagages car on doit trouver dedans le détecteur « G » qu'ils ont démonté.

— Compris, chuchota le Corse.

— Si la situation évoluait de façon imprévue, je vous laisse carte blanche. Vous me paraissez assez doué pour ce genre de sport.

— Tous les Corses sont doués pour ce genre de sport, affirma modestement Puzzatelli.

— Allons-y. Je vous laisse cinq minutes pour gagner votre position. Faites bien attention où vous posez vos pieds et guidez-vous sur le mur intérieur de la courbe. *Go !*

Ils se séparèrent et s'éloignèrent l'un de l'autre dans les ténèbres. Hubert tâtait le mur de béton avec son avant-bras droit, levait haut les pieds et les reposait avec une grande circonspection. Il pensait que c'était une grande chance pour lui de pouvoir compter sur Simon Puzzatelli qui était sans aucun doute un baroudeur intelligent, réfléchi, doublé d'un ton tireur extrêmement rapide et dangereux.

Il aperçut soudain une clarté et fit encore quelques pas pour sortir complètement de la courbe. Droit devant, la galerie débouchait sur une portion de ciel étoilé. Il vit des silhouettes se déplacer, entendit de nouveau parler. L'adversaire était là, encore inconscient de la menace qui pesait sur lui.

Hubert traversa, prenant garde aux rails, toucha l'autre mur et trouva presque aussitôt l'entrée d'une galerie périphérique qu'il adopta comme abri, poste d'observation et de tir. Il consulta le cadran lumineux de sa montre. Plus que deux minutes avant de passer à l'action. Son cœur battait un peu trop vite et il sentait ses nerfs. Il entreprit de se décontracter et employa les cent vingt secondes dont il pouvait encore disposer à des exercices de respiration, de contrôle et de relâchement des muscles.

Cinq minutes. Il prit la décision d'attendre encore trente secondes, uniquement pour accorder à Simon Puzzatelli une marge supplémentaire. Puis il changea le J. C. Higgins de calibre 6 mm contre le Beretta 9 mm qu'il avait pris à l'adversaire, dans la cabane sur la plage. Moins précis à longue distance, sûrement, mais beaucoup plus impressionnant en combat rapproché.

Il avança la tête au coin du mur. Les cinq parlaient avec animation et cela n'avait rien d'étonnant, car les sujets d'énervement ne leur manquaient pas. Hubert se mit à crier et sa voix tonna, se répercutant sous la voûte :

— Écoutez-moi !

Il n'eut pas la possibilité d'en dire plus. Par réflexe, les cinq voulurent sortir de la galerie. Immédiatement le staccato du pistolet mitrailleur utilisé par Simon Puzzatelli s'éleva dans la nuit. Ils refluèrent en désordre et s'aplatirent le long des wagonnets qui se trouvaient là. Le silence revint.

— Rendez-vous, cria Hubert. Vous êtes pris !

Ils lui tirèrent dessus, au hasard. Les balles ricochèrent de toutes parts sur le ciment. Il se mit à l'abri. Après le tonnerre des détonations qui se trouvaient démesurément amplifiées dans la caisse de résonance que formait la galerie, ce fut de nouveau le calme.

Hubert ne voulait pas leur laisser le temps de réfléchir. Il allongea le bras et tira. Le Beretta fit presque autant de bruit qu'un canon de 75. Mais, du même coup, Hubert avait signalé sa position à l'adversaire. Une grêle de balles écorna le mur. Hubert reçut des éclats de ciment dans la figure.

Puis le tunnel s'éclaira. Hubert risqua un œil. Il eut le temps de constater que la lampe était placée dans une galerie latérale, hors de sa portée. Une balle griffa le mur à cinq centimètres au-dessus de sa tête qu'il rentra vivement.

Les adversaires s'affairaient, l'un d'eux les protégeant en guettant Hubert. Ils remuaient du fer, à grand bruit. Hubert mit un genou en terre, pour tromper le guetteur qui devait l'attendre plus haut, sortit la tête et le Beretta en même temps et tira. Il manqua la cible qui riposta aussitôt, dangereusement près. Hubert se mit à souhaiter que Simon Puzzatelli prît l'initiative de venir se placer par un mouvement tournant dans l'axe du tunnel pour avoir l'adversaire sous son feu.

Et ce fut brusquement un vacarme d'enfer. Les wagonnets roulaient. Hubert regarda. Protégés par des plaques de blindage probablement trouvées dans une casemate, deux hommes s'étaient installés sur les chariots. Un troisième poussait, qui se trouva juste à cet instant devant le guetteur chargé de neutraliser Hubert. Celui-ci tira et fit mouche. Le pousseur bascula en arrière, dégageant le champ visuel du guetteur qui en profita pour riposter. Hubert s'était retiré aussitôt. Il entendit le bruit du roulement, qui avait décru, reprendre de l'intensité. La relève avait été assurée.

Le premier chariot passa. Hubert ne vit qu'une plaque de blindage. Puis ce fut le second, protégé de la même façon. Un troisième, vide, un quatrième, également vide, défilèrent en trombe et s'engagèrent à la suite dans la courbe. Ce fut alors seulement, un instant trop tard, que Simon Puzzatelli ouvrit le feu, de l'extérieur. Il abattit, d'une seule rafale, le second pousseur et le guetteur.

Hubert dut attendre que le fracas provoqué par le roulement des wagonnets se fût apaisé pour crier à son compagnon qu'il pouvait le rejoindre, la voie étant libre.

Simon Puzzatelli arriva.

— Ils essaient de regagner la grotte en bas pour se faire sauter avec, c'est sûr. Il faut absolument les en empêcher.

Hubert alluma sa lampe. Ils foncèrent prêts à tirer, découvrirent les wagonnets immobilisés devant le décrochement du monte-charge.

— Attention, recommanda Hubert.

Il avança sa lampe allumée au coin du mur, sans risquer sa main. Rien ne se produisit. Il éteignit sa lampe. Une vague lueur montait d'en bas. Ils approchèrent du trou. Hubert se laissa tomber dans le vide, se reçut accroupi, s'allongea aussitôt. Il avait eu le temps de voir les deux hommes au-dessus de la trappe, à l'autre bout de la galerie, au-delà des wagonnets. La lumière s'éteignit. Une rafale de balles siffla au-dessus de lui, l'une d'elles ricocha sur un des barreaux de l'échelle métallique produisant un bruit aigu.

Hubert rampa pour dégager la place sous le trou. À vingt mètres de là, les deux autres s'affairaient. Hubert devina qu'ils essayaient de descendre, malgré l'obscurité totale, le détecteur « G » qu'ils avaient emporté et qu'ils voulaient détruire avec le reste. Hubert se mit à tirer, espérant les atteindre, à coup sûr les gêner. Il entendit un choc, derrière lui. Simon Puzzatelli lui tomba sur les jambes en jurant.

– Allons-y, chuchota Hubert. Restez entre les rails.

Les rails étaient un repère facile à suivre dans les ténèbres et, la galerie suivant une ligne droite, ils restaient à l'abri relatif des wagonnets, qui protégeaient d'ailleurs l'adversaire de la même façon.

Hubert arriva sur un wagonnet et, sans hésiter il se mit à pousser de toutes ses forces. Le petit train prit rapidement de la vitesse, produisant un vacarme épouvantable. Puis, arrivé au bout, il dérailla. Le premier chariot continua sur le ciment, puis sur la trappe. Il y eut un hurlement atroce. Puis le silence.

Hubert alluma sa lampe et découvrit le buste cassé de l'homme écrasé contre le mur du fond. Il n'en restait plus qu'un, qui devait se trouver maintenant à l'étage inférieur, peut-être avec le détecteur, sûrement avec Brigitta. Un cri déchirant, qui ne pouvait avoir été poussé que par la jeune femme, leur apprit que celle-ci n'appréciait pas cette nouvelle compagnie.

– Vite, dégageons, dit Hubert à Simon Puzzatelli.

Ils tirèrent les wagonnets en arrière, non sans mal, parvinrent enfin à soulever le dernier pour le faire reculer. La plaque de fonte avait été complètement rabattue en arrière par le choc. Par le trou béant, Hubert et son compagnon virent l'échelle faiblement éclairée.

En dessous, le dernier des six malmenait durement Brigitta, essayant de la faire parler. Hubert comprit qu'il lui demandait ce qui s'était passé en bas, dans la grotte, et s'il devait s'attendre en descendant à trouver d'autres ennemis.

Hubert attrapa l'homme aux jambes broyées, le souleva au-dessus du trou et le laissa tomber. Un coup de feu tonna aussitôt, leur apprenant que le survivant ne se laissait pas distraire. Hubert, spéculant sur la surprise que venait sûrement d'éprouver l'autre en s'apercevant qu'il avait tiré sur le corps de son camarade, sauta aussitôt, en position de tir, sa main gauche à plat sur le canon du Beretta.

En un dixième de seconde, il aperçut l'homme serrant Brigitta à la gorge et la poussant en arrière au-dessus du gouffre, les reins cassés sur la rambarde. Il pressa la détente. Un déclic en résulta, rien de plus. Hubert avait bien compté ses balles ; mais, par aberration, il avait cru que le chargeur du Beretta contenait dix balles comme celui du J. C. Higgins, alors que sa capacité n'était que de huit.

L'homme pivota vivement, redressant la jeune femme contre lui et l'utilisant comme bouclier, il allait tirer sur Hubert lorsque Brigitta le mordit cruellement à la main.

Cette diversion permit à Hubert de sortir le J. C. Higgins de sa poche : il visa très vite et tira sur la seule partie de l'homme qui se trouvait dégagée : la tête. La balle entra sous la base du nez. L'homme se crispa, reculant avec Brigitta serrée contre lui. Il atteignit la rambarde qui céda sous leur poids. Hubert entendit le bois craquer et il plongea désespérément.

Par miracle, il arriva juste à temps pour saisir une des chevilles de Brigitta. Il se plaqua au sol, se collant littéralement à la pierre rugueuse pour éviter d'être entraîné. L'homme, déjà mort, partit seul dans le gouffre avec les débris du garde-fou. Brigitta pendait presque complètement dans le vide, à l'exception de la moitié inférieure de sa jambe gauche dont la pliure du genou épousait l'angle de la pierre.

La tête entre ses bras tendus, Hubert entendit le corps de l'homme s'écraser cinquante mètres plus bas. Il attendit que Simon Puzzatelli vînt l'aider à remonter Brigitta, qui s'était évanouie.

Ce fut ensuite seulement qu'il découvrit près de l'escalier la valise contenant l'appareillage essentiel du détecteur G.

— C'étaient tout de même de sacrés types, dit Simon Puzzatelli avec une pointe d'admiration.

Hubert s'associa d'un hochement de tête à cet hommage bien mérité. Il pensa qu'ils pouvaient maintenant s'occuper de Forestier, que le Corse, dans le feu de l'action, semblait avoir oublié.

— Il y a des gens qui prétendent que les Corses sont tout juste capables de se tourner les pouces, dit-il. Le premier qui me raconte ça, maintenant, je l'assomme.

— Hé ! fit Puzzatelli. Tout ça, c'est de la faute à ce Christian Méry. Ça nous fait du tort… Dernièrement, sur la plage, j'en ai entendu une du continent qui disait : ces Corses, ça ne se sent bien que couchés. Je lui ai dit : « Prenez garde, madame, prenez bien garde ! Une fois, un Corse, il s'est levé… Et il est devenu empereur ! »

Hubert sourit. Puis il regarda Brigitta qui reprenait lentement conscience et il éprouva pour elle une brusque tendresse. Il sut alors qu'il n'avait pas risqué sa vie pour la sauver uniquement parce qu'elle était leur unique source d'informations sur cette étonnante affaire…

Elle ne le méritait sûrement pas. Mais elle était une femme et il était un homme. Et il avait toujours su beaucoup pardonner aux femmes, surtout aux jolies femmes.

DU MÊME AUTEUR
AUX ÉDITIONS ARCHIPOCHE

ATOUT CŒUR À TOKYO

Pas de repos pour OSS 117 !

Hubert Bonisseur de la Bath s'était accordé quelques jours de repos bien mérités dans la capitale japonaise. Mais une affaire de chantage dont est l'objet l'une des secrétaires de l'antenne locale de la CIA éveille son intérêt. À plus d'un titre…
L'idée de jouer le mari de la jeune dame n'est pas pour déplaire à notre séduisant agent secret. Mais un Nippon bien nippé va lui donner du fil à retordre…

ISBN 978-2-37735-510-5 / IF 742074-2009 / 224 pages / 6 €

GACHIS À KARACHI

OSS 117 a du fil à retordre !

La nouvelle mission confiée à Hubert Bonisseur de la Bath ne s'annonce pas de tout repos. Il doit partir à la recherche de sa « tante », Mary MacBean, disparue à Karachi avec des microphotographies qu'elle essayait de négocier.
Par une chaleur écrasante, de ville en ville, l'agent se lance à sa poursuite. On ne lui facilite pas la tâche. Un serpent se glisse dans son lit, un camion tente de l'écraser, des policiers découvrent tout un arsenal dans sa valise. Pour OSS 117, ça se tend au Pakistan…

ISBN 978-2-37735-509-9 / IF 742067-2009 / 192 pages / 6 €

STRIP-TEASE POUR OSS 117

OSS 117 persiste et signe !

La CIA est avertie que des documents ont été remis par un de ses agents à une jeune touriste française à Moscou. Or, Isabelle la bien nommée prétend qu'elle ne sait rien.
Le colonel Hubert Bonisseur de la Bath est persuadé que tout s'est passé à son insu. Dans la nuit d'Amsterdam, quelques voitures se retrouvent régulièrement dans le canal… entre autres, celles d'espions soviétiques lancés sur la même piste. OSS 117 va-t-il tomber la veste ?

ISBN 978-2-37735-513-6 / IF 742076-2009 / 192 pages / 6 €

Cet ouvrage a été composé
par FACOMPO, LISIEUX

Impression réalisée par
CPI France
en juillet 2020
pour le compte des Éditions Archipoche

IMPRIM'VERT®
Votre imprimeur agit pour l'environnement

Imprimé en France
N° d'impression : 3044127
Dépôt légal : septembre 2020